アンソロジー

ワルツ

結城信孝編

田辺　聖子
石田　衣良
姫野カオルコ
小泉喜美子
連城三紀彦
横森　理香
田中小実昌
森　奈津子

祥伝社文庫

ワルツ　目次

紐

田辺聖子

田辺聖子《たなべせいこ》（1928〜）

大阪府生まれ。樟蔭女子専門学校国文科卒業。64年『感傷旅行』で第50回芥川賞、88年『花衣ぬぐやまつわる――わが愛の杉田久女』で第26回女流文学賞、93年『ひねくれ一茶』で第27回吉川英治文学賞、94年、第42回菊池寛賞、98年『道頓堀の雨に別れて以来なり』で第50回読売文学賞ほかを受賞。95年、紫綬褒章受章。

神戸の看護学院へいっていたユリ子が、夏休みに帰ってきたのをみると、いよいよ垢《あか》ぬけした美人になっていて、渡《わたる》はもう、まばゆくて胸がドキドキして、好きでたまらなかった。

渡は、ユリ子と中学時代からの同級生である。渡はユリ子しか恋人がいない。ユリ子の方も、渡には親切で、他人に対するときと態度がちがう。

高校のときに、「ユリちゃん、僕と結婚せえへんか」というと、ユリ子は「私、看護婦さんになりたいよって、するとしても、免状とってからや。そんで、夢野《ゆめの》町か、姫路の病院へでもつとめたらね」とまじめにいった。

渡はもう、その時から、ユリ子ひとりを思いつめ、自分では結婚を確信している。渡の方は高校を出て、夢野町信用金庫に勤めているが、まじめな男で、町での評判もよい。

まだ、双方の親――といっても、渡の方は父がなく、母の小《こ》ツルだけだが――にいっていないけれども、かくべつ、支障が出ようとも思えない。

ユリ子も、帰省のたびに渡と会う。町のこと仕事のこと、将来のこと、しゃべったり、笑ったり、して時をすごす。

ユリ子も、結婚する気になっていてくれると、渡は信じている。

そう思いこんでいるので、念を押して何度も迫ったり、約束をとりつけたりしない。リ子は時に神戸の町から、花模様のある便箋《びんせん》で手紙をよこすし、渡はその三倍くらい、返事をかく。

渡は、もしユリ子が渡をきらいなら、あんなにうちとけて親身に、渡ちゃん渡ちゃんとむつまじくできようか、と思う。

ただ、ユリ子が帰省するたんびに美しくなるのを見て、渡は心配したり、やきもちをやいたりしているのである。

それも、幸福な充実感である。

「神戸で何か、ええことあるのんちゃうか」

と渡は、オートバイに身をもたせて、ユリ子をからかう。渡は、通勤にオートバイを使っているので、勤め帰りに寄り道してユリ子の家へ、毎日のごとく寄ってゆく。

「何いうてるのん。毎日、療生活やし。夜はアルバイトやもん」

「なんのアルバイトや」

「きまってるわ、見習い看護婦よ、ちかくのお医者さんのうちへいってるから、ヒマがないわ、それに来年は卒業やから、試験、試験で」

　ユリ子は掃除しながら答えた。色が白くてツルツルした顔で、下ぶくれの、かわいらしい娘である。顔立ちというよりも、ものをいうときの表情に何ともいえない愛嬌《あいきょう》があって、人は思わず、顔に見とれてしまう、そんな、魅力のある娘で、渡はユリ子の顔をみているとヨダレがたれそうになるほどである。

　ユリ子が掃くのを塵取《ちりとり》で受けてやって、

「こんどの日曜なあ、姫路で映画でもみよか」

「そうやねえ、でもこの日曜ぐらい、忙しいと思うわ、出られへんかもしれへん」

　ユリ子の家は数年前に造作をして民宿にした。春休み、夏休みは学生が多い。日曜は釣宿にもなる。夢野川の源流の谷で釣る客と、そのへん一たいのハイカーたちのたまり場所である。

　ユリ子の父、喜作は中々商売げのある男で、庭の井戸も、都会からきた客のためにそのまま置いたりし、納屋の中には、臼《うす》や、米搗《こめつ》きの道具、古びた農具を置いてみせ、時にはワラを打たせてみたりしてサービスする。

　客は古ぼけて煤《すす》で黒光りした天井、いろりや大黒柱などを喜ぶのである。渡は、

「そうかア、いそがしいのなら、僕も手伝うたろか、こんどの日曜、来たるわ」

　ということになってしまう。

その日も、ついでに風呂をたいてやり、清涼飲料水のケースを幾箱も運んで冷蔵庫につめてやったり、かいがいしく働いてやった。

喜作は出かけていなかったが、ユリ子の母親のマサ子が栓をぬき、

「まあ、冷たいもんでも飲んでエな、渡さん」

と愛嬌よくいった。ハキハキした、愛想のよい女で、田舎にしては切れものの主婦である。

髪はほおけて、顔は日やけしているが、ユリ子に似た顔立ちで、ユリ子の愛嬌よしは、母親似らしい。

だからこそ、客あしらいもうまくて、こんな山の中の民宿が成功したのでもあろう。

渡の母親の小ツルが口おもで交際ぎらい、客ぎらいなのとは、正反対である。

「大きに、もらうで」

渡は立ったまま、コーラの瓶《びん》に口をつけて飲んだ。マサ子はにこにこと見上げて、

「渡さんも背が高うなったな、立派になって、ええ若い衆《しゅ》やわ」

といい、渡は、マサ子に悪くは思われていないらしいと、ほっとする。誰にも愛想のよい女であるが、それだけではなく、好意をもってくれている気がする。ユリ子と結婚するといったら、一も二もなく、承知しそうであった。

ユリ子の家とは二キロばかり離れているので、渡は、夕食後も出かけるには、オートバ

イを使うつもりだった。すると友人の稔《みのる》が、オートバイを貸してくれ、といってきた。

「どこいくねん」

「キミ子のとこや」

稔は隣村、馬場村の農家の娘のキミ子と、いい仲である。しかし稔の家には軽四輪があったはず、だが、稔は首を振って、

「いや、あれは兄貴が乗っていきよった」

「そんなら、このオートバイ使えや。その代り、僕を途中まで乗せてくれんか……」

「ユリ子のとこかいや」

「おいや。『丸太屋』でおろしてくれや」

丸太屋、というのは、民宿の名で、ユリ子の家である。

二人の青年はニヤッと笑いあった。

「ユリ子といつ結婚するんや」

「ユリ子が来年、卒業してからやな……オマエとこ、どや。キミ子とええとこまで、行っとんのか」

「まあ、な」

「話ついとんのか」

「それを、つけにいくんじゃ」

もう、たそがれがこめていて、月見草の咲いている川原の向うから、ヘッドライトが近づいた。白い軽四輪である。立話をしている二人の青年に窓から手をふって、横を走りぬけてゆく。稔の兄貴である。車はまるで、口笛を吹くような感じで、簡易舗装の道をかるがると飛び上り、左右にかしいで、見る間に、夕闇にのまれていった。

「兄さん、どこいきよんねん」

「兄貴は袋田村のツネ子や」

村の青年たちは、それぞれ、デートにいそがしかった。ことに夏は、家の中にすっこんでいるヒトリモノなんて、当村、大字《おおあざ》、夢野にはいないのである。

オートバイを、家の縁先からふかしてまたがっていると目立つので、二人の青年はヒソヒソとしゃべりつつ、押しながらあるいた。ちょっと先の鎮守の前から乗った方がよい。それほど、しーんと静かで、どこかの家からテレビの音がきこえるだけである。さやさやととうもろこしの葉が鳴って、大きな星が、一つ二つ、近くにみえる。遠くに川音がして、蛙《かえる》の声がきこえる。

ものうい、退屈な、夏の宵である。鎮守の前で向うから来たずんぐりむっくりの男にぶつかった。

「渡やないか、どこへいくんや?」

叔父の武市《たけいち》で、夢野町ででも飲んできたのか、酒くさい。尤《もっと》も、武市はたいていの時、そうなのである。

「ちょっと」

「若いもんで連《つら》って歩いとるとこみたら、また夜這《よば》いやな」

青年たちは武市の大声にへきえきした。悪気はないが、武市は若いものをからかうのが趣味で、場所におかまいなく、いろんなことをしゃべる。酔っていないと人が変ったようにおとなしいが、酒が入ると何をいうか知れない。

「稔はどこへいく?」

「馬場」

稔はこのシャベリの、おせっかいやきの金棒引き爺《じじ》いに、根掘り葉掘りきかれるのを警戒するように、口ごもって答えた。

「いまの車は、お前の兄貴やろ。兄貴はどこいく」

「袋田」

「みな、近くでコトすましよるの。ワシらが若い時は、四里から五里の道をてくてく歩いて夜這いにいたもんであった。——(彼は白髪のある胸毛を夜風に吹かせながら歌った。かなり飲んでいるのかもしれない——)ワシが若いときゃ、窪《くぼ》まで通《かよ》た、窪の向うで夜があけた、ヤアサノドッコイ、ドッコイセ」

窪というのは、ほとんど但馬《たじま》になる山奥の村である。

「夜這い、ちゅうもんはオマエ……」

「誰も夜這いなんか、いけへんがな」

渡は荒々しく遮《さえぎ》った。稔の手前、おしゃべりの叔父がはずかしい。稔も、いやな顔をした。若者には夜這いなんて語感は、実に淫猥《いんわい》にきこえるのだ。デートといってほしい。

「夜這いなんて誰がいくかいな」

「オナゴと話するだけやなかろ。手を握るやろがい、手ェ握ったらあとはオマエ……」

「そんなことせえへん」

「何を。夜這いにいって手も握らん。うそつけェ。まあ、娘の部屋へ入るやろ、そんで寝床を探ろうが。まっくらやみの中で、どうやってマッスグ娘のとこへいくか。匂いぞ。娘には娘の匂いがあるし、お婆《ば》ンはお婆ンの臭いでわかろうが」

「…………」

二人の青年は顔を見合せ、返事もしなかった。

「まず、戸をあけるんじゃ、そっとあける、戸のあかんときは静かにそこへ小便する。それからはいっていくが、かんじんの娘でさえ、疲れが烈しゅうて寝込んでて、何をしてもわからんときがあってな……」

「叔父さんもうええ、あとで聞く」

と渡はさえぎった。

「あとでは間に合わんが。これから行くんやろう。まあ、聞け、役に立つ。娘とお婆ンをまちごうたらあかんぞ。人の女房《よめはん》やカカはもし夜這いかけたら、見つかったとき三角の割木の上に坐らされて、詫《わ》び証文かかされるで。娘や後家さんに限るんや、ええか、ワシら盛りの娘のとこへばかり、行《い》たもんや。……ほんでいくとな、すんだあと、紐《ひも》とりかえてくるんや、着物や寝巻の腰紐やわ……情《じよう》のあるもんやぞ。この頃は、せえへんのか、どうや、紐の代りに何ぞ、とりかえとるか」

二人の青年はもう相手にならず、オートバイの前後にまたがり、ふかしはじめた。

「おいおい、待てえ。夜這いの仕方、もちっと聞いてからいけ。この頃の若い奴は法も道も知らずに行き当りばったりする……」

と叫んでいる叔父をとりのこして、オートバイはすっとんだ。稔はすこし長めにのばしている髪をうしろへ靡《なび》かせて、笑っていた。それは、教えてもらうには、及びまへんと、思い出し笑いしているようだった。

丸太屋のかなり手前から、泊っている学生たちのかきならすギターと、その歌声がきこえていた。渡は丸太屋でおろしてもらって、台所から入っていった。

ユリ子は風呂へ入っているということで見えない。渡はユリ子を誘い出しにきたともいえないで、喜作に、

「ギターきこえとるし……歌声がにぎやかで、つい、のぞきに――」

と苦しいことをいった。夕方、来たばかりなので、入り浸《びた》っているように思われるかもしれん、と思う。

「おいや、若いもんはやっぱり賑《にぎ》やかでええ」

喜作は、中年の釣りの客のあいてをして冷たくした酒を飲んでいた。台所に据えたコタツは、年中、食卓代りになっている。客が帳場と台所をかねたこの部屋で飯を食ったりするような宿で、それだからこそ、客たちの気に入るのかもしれない。

「明日、早う起してや」

と客は、立って土蔵の二階の客間へ寝にゆく。喜作は渡にも酒をついでくれた。喜作はシッカリした気性の、頑丈な体つきの初老の男で、何せ、民宿でもはじめようかという気働きがある位だから、渡の叔父の、飲んだくれの武市などとはすこしちがう。

「忙しそうやな、おじさん」

「夏場はの。ことにもうちっとしたら目が舞うさわぎになる」

「こんな、何もない田舎に、来たがるんかな、町の人間は」

「何もない処《ところ》の方が、今日びは好くらしい。ただ、家を新建材やコンクリートにしてしもたらあかんなあ。米つき餅つき、縄ナイ、椎茸《しいたけ》とり、山菜とり、魚釣り……そういうことが町の人間は好きやそうな」

「金払うてそんなことしたいんかいなあ」

「珍しいんやろ。ウチの井戸も客が汲《く》みたがって汲みたがって、水が美味《おい》しいせいもあるが、あのツルベのガラガラいう音がたまらん、いうなあ」

「あほくさ。田舎はどこも、ポンプや水道になおしよるのに」

「ワラジ作りたい、いう女の学生さんがあった、ウチの婆さんも、蚕飼《こ》うて機織《はたお》りしてみせようか、と意気ごんどるわ」

渡は辛抱づよく民宿経営の苦労話や、喜作のアイデアを拝聴していた。そのうち、ユリ子の声が離れてきこえたのでたまらなくなって、「ちょっと」といい、出かけていくと、ユリ子は、泊り客の学生たちと一緒になって歌っていた。おはいり、といわれたけれど、そして渡はその中へはいったけれど、渡の望んでいたのは、こんなことではなかった。泊り客につめたい麦茶を、マサ子が汲んできた。

渡は、水滴のついたコップをみんなに配った。ユリ子は、男の学生のそばに坐って、ギターについて歌っている。きれいな、いい声である。

渡が見廻したところ、ユリ子ぐらいの美しい娘はいなかった。

ぽちゃぽちゃした、きれいな肌の色で、髪も瞳も黒々とぬれて何よりイキイキした表情がいい。

はちきれそうな、円《まる》い肩や、尻のかたちが浴衣に包まれてくっきり出ているのもいい。

渡が見る都会の学生の女の子たちにはロクなのがいなかった——痩《や》せて、餓えた烏みたいなの、日にやけて風情もそっけもないの、いたずらに髪の毛を長くした気狂い女ふうなの、意地わるそうな、小リクツいいらしいの、その中で、ユリ子はハキダメの鶴である。

「この歌大すき、歌詞教えて」

とユリ子は、長髪、赤シャツの学生に膝《ひざ》をすりよせ、何でそない親しそうにせんならんねん、渡は座に連なりながら、はなはだ心外である。

そのうち、稔のオートバイが迎えに来てくれた。渡はあきらめて帰ることにする。

「どや、よかったか」

と稔はいい、冗談やないで、話もろくにでけへん。

風を切って走りながら、稔は、馬場村のキミ子が、いかに熱情的であったかを、酔っぱらったようにしゃべった。

「えらい燃えよってなあ……ズクズクに濡れよんねん……」

いううちに思い出したのか、稔はやたらとオートバイをぶっとばした。鎮守まできて、車を下り、押しながら、村落をよこ切ってゆく。その間中、渡は、なやましい稔の話を聞かされ、耳に毒をそそがれるような思いだった。

稔は、渡とユリ子も自分らと同じだと思っているかしれないが、こちらはまだキス一つしたことのない間柄なのだ。そのくせ、うわべだけを見ると、稔とキミ子よりも、渡たちの方が仲よしで親密にみえる。

「今年の夏には何としても片をつける。キミ子をねろうとる男が別にいよるらしいんや」

「会《お》うたんか」

「戸を外からあけようとした奴が居った」

「家の中まで入るんか」

「外で出来るもんかな、蚊《か》の多いのに。キミ子は離れの、ほら、プレハブを建てとろうが。あそこに居るんや、そんではいっていくと、すぐカギかけよる」

「ほかの人は」

「母屋《おもや》に寝とる。百姓やから、昼間の労働きついやろ、少々、物音たてても気ィつかんぐらいぐっすり、疲れて寝こんどる。それに離れやろ、誰にもわかるもんか、暴れても大丈夫や、舐《ねぶ》ったり咬《か》みついたりして、ほたえまくったってん」

「犬やな、まるで」

「いや、キミ子て、すごいで。ギャアギャアいうてな、ピシャーッと貼《は》りついてきよんねん、それがまた、ムチムチした体で……」

渡は、「ピシャーッ」だの「ムチムチ」だのという、けったいな稔の表現にあたまの中はすっかり惑乱してしまった。渡は、ほんとをいうと、まだ未経験である。

「兄貴はまだ帰らんやろうなあ。袋田村のツネ子んとこは、親と一緒に寝とるんで、その枕上《まくらがみ》を通ってゆくのが難儀や、いうとった。うまいことツネ子が出て来たら、車の中でやる、いうとったけど」

「親と一しょのとこでやるんか」

渡は感心していった。

「おいや。しかし結構、よう寝こんどってさめん、いうけどな。オマエ方《がた》の武市おじさんなんか、ベテランやったそうなで」

家へ来たので、稔は礼をいい、鼻唄で帰っていった。渡は味気ない思いでオートバイを中庭へ引きこんだ。

「何しとんねや、夜さりほっつき歩いて」

と小ツルが口やかましくいう。これは口をひらけば、渡や、下の弟たちを叱りつけることしかしない。母親ながら小煩《こうるさ》い。

次の日曜を待ちかねて渡は丸太屋へいった。

犬も、丸太屋を手伝うというと、小ツルは何をいうか分らない。ユリ子そのものはきらいではないにしても、丸太屋が繁昌し、賑わい、うるおっているのを、あまり快く思っていない。旧式な心狭いタイプの村人の一人である。

丸太屋はいつにもましていっぱいだった。離れも土蔵も母屋も、人であふれていた。客たちは、夕方になるとうれしそうに、この藁《わら》ぶきの古びた百姓家に集まって来、夜気の冷えをなつかしがり、いろりにたく火や、自在鉤《じざいかぎ》に気をよくしていた。

夕めしどきは、台所の賄方《まかないかた》はてんてこまいで、近隣の農婦に、日当を払って手伝ってもらっている。みんな、家の者もゆっくり食事する時間もなかった。代りばんこに、上りかまちに掛け、そのままでかきこむようないそがしさ、渡もゴム長のまま、食器を洗ったり、肩にかついで、もろぶたの料理を運んだりした。

喜作は喜んでいた。

「どうもすまんの、渡さん。助かったわ、キマリになっとるさかい、アルバイトの日当とってくれんか」

「しょうむないこと、いわんといてくれ、おじさん」

渡は興ざめしていった。ユリ子の家だから手伝ったのだ。日当ほしさに手伝ったのではないのだ。それよりユリ子を晩に借りたかった。しかしユリ子は風呂たきのあと、客室にふとんをくばりにいっていて、見えなかった。

夕食後、また出ていく。

「毎夜、毎夜、阿呆のように出ていく！」

と小ツルはわめきちらすが、渡はふらふらと磁石に引かれるようにオートバイを引き出さずにはいられないのだ。

稔がまた、来た。彼は今夜もキミ子のところへいくそうである。

「キミ子が待っとる思うたら、たまらんようになるぜ」

と、今夜は稔がオートバイのうしろに乗り、

「あんまり毎晩いうのも芸ないけどな」

「またピシャーッの、ムチムチか」

「ハッハハ」

と稔はことごとく、上機嫌だった。稔はもうあれこれと妄想《もうそう》しているせいか、口少なになっていて、突然、

「ゆうべ帰って寝よう思うたら、ズボンの中に、キミ子のパンティをたくしこんで帰っとった」

となまなましいことをいい出した。

「何せ、まっ暗やで、手さぐりやからなあ」

渡は、自分まで胸があつくなりながら聞き、ふと、武市叔父の腰紐みたいな話や、夜這いといいデートというも、変らへんやないか、などと思う。

稔は丸太屋の前から、渡のオートバイに乗って、走り去った。

ユリ子はいなかった。泊っている客の学生たちと、小学校の講堂で催されている古い映画を見にいっているそうだった。なるほど、そんなことがあれば、ユリ子も夏休みに帰って来て、精出して働くかもしれない。それは、都会の若い学生たちとワイワイいうのは面白いであろう。それにしても、ヒマさえあればユリ子の顔見たさに、丸太屋の下男みたい

な働きをしている渡のことは、考えてくれたこともないのだろうか。

都会からきた若い男たちにちやほやされ、たのしんでいるユリ子は、どんなつもりなのだろうか。

夏がすぎたら、渡り鳥のように、町へ帰っていくくせに。

渡の悄然《しょうぜん》とした顔に、喜作は気がついたとみえて、口をつぐみ、だまってコップを出して一升罎《びん》をもちあげ、

「ま、いっぱい、いかんか」

と冷酒をついだ。そして自分のにもつぎ、

「渡さん、ユリ子のこと、どうしよう思うとるんや」

「ハア、結婚したいんやけど」

ちょうどいい機会なので、渡は思い切っていった。すると頬とまぶたに、重い熱い血がのぼってきた。そういうとき、内気な渡はすぐ面を伏せたくなるが、今はけんめいに、喜作を見つめていた。

「うむ。結婚、なあ」

喜作は重い返事をして、もうそれだけで、意外なのと失望落胆で、渡はあたまがくらくらする。

「そやないか、思てたが、結婚、なあ……」

　と喜作はコトバをつぎ、

「しかし、結婚いうのは、どうやろうか、こんな機会やさけ、いうが、じつは、渡さんとはこまる思うとる」

　渡は硬直してだまっている。

「いや、あんた自身には何のわるいとこもないのや、まじめでやさしゅうて、体も丈夫で、かたい勤めしとって、こんなええ婿ない、思うとる」

「では、お袋とか、家柄とか……」

「なんの、家柄に、上下あるかいな。同じ村の人間やさかい、気心知れ合《お》うて。まあいうたら、気心知れすぎとるのが、いかん、ちゅうか……」

　喜作はタッタッと舌を鳴らして酒を飲む。

「知れすぎとる、いいますと」

「えー、つまりその。あんまり、近くにおるもんやし」

「二キロ離れてるけど」

　渡はますます、ふしんである。

「いやその、つまり、恥をいわんとわからんが」

　喜作はまた、いそいで酒を飲んだ。

「つまり、あれな。この頃はあんまりせんようやけど、何や、つい、先頃まであった、……深夜の訪問、とでもいうか」

「深夜の訪問、いうと」

この喜作は、商売にかけてもアイデアマンだけに、言葉もお寺の住職も顔負けするほど、いろいろ知ってるのである。物知りである。

「まあ、どういうか、一人で訪ねていくのやなあ」

「夜這いですか？」

「そうともいう」

「それがどない、しましてん」

「夜這いにいて腰紐かえてくるのん知ってるか」

「叔父にききました」

「武やんも夜這い仲間やがな、あるとき、ワシが、村の娘っ子のところへ夜這いにいった。そこで、腰紐とりかえてきた。つまり何いうか、記念いうか、証拠いうか、ワシは女子《おなご》の紐しめて帰る、向うは男の紐で腰しめる、寝巻着とるさかい。こっちはその頃のことで、復員兵のズボンやから、やっぱり紐しめとったわ」

「ハア。しかしそれが、どうか、したんですか」

「中々ええもんやねん。あくる日野良で会《お》うたりしたとき、自分の紐が、あいての腰にあるのが、ちらッとみえたりしてな」

「そうでしょうね。でもそれが、ユリちゃんと何か、関係ありますか」

「まア待ちぃな」

と喜作は、胡麻塩《ごましお》頭を掻《か》いて、

「どないいうか、――その自分の紐が、あいてのオナゴの腰に締められてるのん見るのはうれしけどな、男の腰にあったら、なんとびっくりすまいか」

「へ」

「そのオナゴは、やな、次に来た男と、また紐とりかえとんねや。その男は、自分の紐をオナゴにやって、オナゴの紐や思うて、ワシの紐を使うとるのや」

「うーん、ややこしいなあ」

と渡は暗算するような目で、宙をにらんだ。

「ワシの紐はうこん木綿ので、赤糸でくけてある。そうして端が、ちょっと染めむらがあって、斜めに白いスジが出ておってな。それを、村の男がしめとったんや」

「なるほど」

「その男ちゅうのが、渡さん、あんたのお父さんでな、オナゴちゅうのが、今の女房《よめはん》のマサ子や」

「ハア」

「ワシ、マサ子が好きやってな、マサ子はちょっと、ワシの口からいうと何やが、ようもてた娘で、村の若いもんはみな、ねろうとった。夜這いに若い衆《しゅ》がくる、いうのは親にはうれしい事でな、夜這いもきてくれん娘もっとる親は心配なもんや」

マサ子なら愛嬌ものだからそうかもしれなかった。

「もう今は婆さんやけどな、昔はマシやってん。そんで、ワシもせっせと通てん。けど、ワシの紐が、よその男の腰にまいたるのん見て、もう、腹立つやらおかしいやらでな」

「どないしましてん、それで」

と渡も、酒をすすりながら話に引き入れられた。

「そのうち、あるとき野良へ出よったら、ひょっと見ると、べつの女が、また、見たことある紐しめてよる。ワシの腰紐やがな。うこん木綿の白筋がハシっこに入った奴」

「ハア」

「そのオナゴはんが、渡さんのお母さんや。小ツルはんや」

「というと、つまり」

「さいな。あんたのお父さんが小ツルはんとこへさして夜這いして、いや、この頃やったらデートいうのんか。デートして、小ツルはんと腰紐とりかえた、とこういうわけや」

「分ったような、分らんような話ですなあ」

「そのうち、双方、おなか大きイなった。あんまり時期かわらん」

「それでどうしました」

「ワシはマサ子と一緒になってん。小ツルはんはお父さんと一緒になった。マサ子が、おなかの子はワシの子や、いうさかい」

「はい」

「まあ、あとの弟らは、ワシの子やけど、ひょっとしたら、ユリ子は、あんたのお父さんの子かも知れんねや」

「そんなバカなこと……」

「ないかもしれへんが、ないともいいきれん」

「おばさんは、どないいうてますか」

「自分でもわからん、て、こないぬかしてけつかる」

しかし喜作はべつに女房のマサ子に腹立てているのではなく、

「まあ、こういうことはようあるねん、ようあるこっちゃけどなあ」

「しかし、それは分らんのでしょう。まさか、僕とユリちゃんが兄妹や、いうようなこと」

渡はショックを受けて、しばらく考えがまとまらない。いくらやってみても計算の合わない問題を与えられたようで、呆然としている。

「ユリちゃんはそのこと、もちろん知らないんでしょうね」

「いや、知ってる」

「おじさん、いうたんですか」

「ハッキリいわんけど、去年ごろに、あの子が渡ちゃんと結婚したいいうから、それとなしにそんなこと、いうたことがある」

「びっくりしましたやろ」

「びっくりしてた」

「何か、いうてましたか」

「別に」

と喜作はいうが、渡は、自分のショックに推しくらべて、ユリ子のそれも想像できた。しかし、もしユリ子が、渡ほど愛情をもっていなければ、さほどの打撃でもなかった筈だ。

しかしまた、「結婚したい」と申し出るくらいであるから、愛しているのであろうか……。渡には何もいわなかったけれど、ユリ子もそのつもりでいてくれたのか。

嬉しいやら、ショックやらで、渡はモノもいえない。

しかし、証拠が腰紐一つでは、

（どうや分らん、ほんまかウソか）

とも思う。

オートバイをまたずに、とぼとぼ歩いて帰ってきた。帰る道々、小ツルに聞くつもりで

あったが、

「おそいな、いつまでも野良犬みたいに娘っ子の尻ばっかりおいかけて、みっともない、ちと、家に、尻おちつけたらどないや」

と帰るそうそう、ガミガミ叱るお袋を見ると、

「お父ちゃんに夜這いされて腰紐とりかえたんか」

などときく気もしなかった。

それより、こんな口うるさい婆さんにも、夜這いされるような花のさかりがあったのかと、ふしぎなばかりである。ヒトの話で聞いてる分にはいいが、手前のお袋となると、へんに触れにくい。ナマナマしくていやらしい。

渡は服を着たまま屈託してごろりと横になった。窓の下をホトホト叩く音がする。稔である。オートバイを返しにきたらしい。

「渡、叔父さんが、歩いて帰っとったから拾うてのせてきた」

渡は外へ出て、叔父に肩を貸して連れこんだ。

叔父はわりあい正気で、

「稔、まあ上れや」

などという。

「ワシも一ぱい、ここで招《よ》ばれていくよって、お前も相伴《しょうばん》せい」

「よう飲んどるやないか、もう」

　叔父は、柱にもたれて、上のシャツをたぐり出し、風を入れようとして、太った腹を、ぴしゃぴしゃ、叩いていた。

　叔父の腹の毛も、白髪まじりである。山仕事用のズボンはヒザが破れたり、カギ裂きができたりして、紐をバンド代りに結んでいる。

　その紐の色は、汚れた紺である。

「叔父さん、その紐、見せてえな」

「これとったらズボンがぬげるわ」

「まあ、ええから」

　渡は、（自分もちょっと紐ノイローゼになったんちゃうか）と思いつつ、武市叔父がよろよろと腰紐をたぐり出すのをひったくった。

「何やな。どないしてん」

「叔父さん、これ、どこでもろた紐」

　紐の縫目は、ほつれているが、黄色い糸でぬってある。しかしそれは、洗いさらしたためで、赤い染めが飛んで黄色が残ったらしい。端っこには汚れたななめの白い地色が出ていた。

「あれ、この紐……ほんまに、どこで手に入れた」

「それはやな、お前。昔から、あったんやが」

「どこに」

「ワシがずっと使うとる。ワシは、女の紐、たくさんもっとる。ワシ、夜這いのベテラン、いうたやろ」

「又、叔父さんの夜這いの話か」

　と稔は笑うが、渡は紐を見ていた。

「うこん木綿の紐か」

「誰やったかいな、ようけ、あったで忘れた。女の紐ととりかえっこするんや、昔の夜這いはお前、情《じょう》のあるもんやったぞ」

　それにしても、喜作の紐が、なぜ武市の手にあるのか、いや、腰にあるのか。ひょっとしたら、ユリ子が喜作の子でないように、渡も、親爺の子でないかもしれない。渡とユリ子は兄妹ではないかもしれない。しかし何しろ、渡は愉快になってきた。オトナたちの傍若無人ぶりがおかしいのだった。

「そら、叔父さん。大事にして締めときよ」

　渡は、汚れたうこんもめんの紐を叔父に返した。

フリフリ

石田衣良

石田衣良《いしだいら》（1960〜）

東京都生まれ。成蹊大学経済学部卒業。コピーライター等を経て97年「池袋ウエストゲートパーク」で第36回オール讀物推理小説新人賞受賞。短篇3作を加え『池袋ウエストゲートパーク』で作家デビュー。01年『娼年』で第126回、02年『骨音』で第128回直木賞候補。03年『4TEEN』で第129回直木賞受賞。

テーブルには床に届きそうなほどおおきな深緑のクロス。そのうえに角を九十度ずらして赤と白のギンガムチェックの、ひとまわりちいさなテーブルクロスがかかっていた。ものすごく陽気な迷路みたいだ。ぼくは黙ってお決まりのテーブルセッティングを眺めていた。二週間ぶりのネクタイは絞首台のロープのように首筋にくいこんでくる。その夜何度目かの疑問が頭をかすめた。ぼくはこんなところでいったいなにをやっているんだろう。

その店は学生時代からの友人が情報誌で見つけたイタリアンレストランで、青山通りをはずれた裏道にひっそりと看板をだした一軒家だった。もう十二月にはいっているので、気の早いフロア支配人はアカペラのクリスマスソングを薄暗い部屋に流している。分厚くてとろりと甘いR&B調ハーモニー。ぼくが食前酒をひと口すると、友人のガールフレンドがいった。

「潤《じゅん》ちゃんはもうすぐくると思う。時間にはけっこう正確な子だから。立石さん、お仕事はいそがしいんですか」

「それほどでもないよ。それにたいした仕事じゃないし」

年末進行でいそがしいことはいそがしかったけれどそうこたえた。ぼくは年中いそがしがっている人はあまり好きではない。仕事はただの仕事だ。右どなりに座る友人の森本博信《ひろのぶ》が、腰を軽く浮かせ窓のほうへ身体をねじった。なぜこいつは似あわない蝶ネクタイなんかしているんだろう。

「清香《きよか》、あれ潤ちゃんじゃないか」

窓の外、真冬でもつややかな緑を見せるマサキの生け垣のうえを、きれいな黒髪が滑っていった。どうやら急ぎ足で、レストランの玄関にむかっているようだ。森本は蝶ネクタイの両端を人差し指で軽く押さえ、曲がっていないか念いりに確かめた。にやりと笑いながらいう。

「お待たせ。期待していいよ。潤ちゃんは清香の友達のなかでも、トップクラスでかわいい子だから」

左どなりの席で手塚清香がにっこりと笑ってうなずいた。襟ぐりの広く開いた深紅のドレス。デザイン的にはお嬢様っぽくてあか抜けないが、高価なことは間違いない。このカップルはそろって人を疑うことを知らないようだった。善人なのだ。二十代も後半にさしかかり、結婚はともかくフリーのひとり身でいる友人を放っておけず、なにかと世話をやいてくる。夏休みやクリスマスなどイベントの時期になるたびに、ふたりから紹介された女の子は今回で四人目だった。

前回までの見あいはことごとく失敗に終わっている。こちらに女の子とつきあう気がないのだからしかたなかった。だいたい今の世のなか、ロマンチックな恋愛や偶然の出会い、ついでに性的なパートナーシップなんかが、あまりにも過大評価されすぎている。いつでも誰かとつきあって恋をしていなければ、男性（女性）失格だなんて思いこみは、生きかたを狭くするだけではないだろうか。森本は善人らしく頑固で、自分の意見を人に押しつける癖があるから、紹介攻撃がやむことはなかった。それに、なぜか手塚さんがぼくのことを気にいって、知りあいの女性に会わせたがるのだ。

迷惑ならそんな友達とつきあわなければいいというのは正しい指摘だけど、そんなことをしたら、たちまち数すくない友人は絶滅していくだろう。ぼくだって友人をもつなら、多少押しつけがましくても、悪人よりは善人のほうがいい。

ハンサムな金髪のウエイターに先導されて、四人目の見あい相手がキャンドルの灯《とも》るテーブルを縫ってやってくる。ぼくは自分にいいきかせた。笑顔をつくれ。これから二時間、善人の振りをするんだ。友人のカップルも相手の女性もがっかりさせずにこの場を切り抜け、あとは家にかえって読みかけの本の続きに戻ればいい。それが大人のとるべき態度だ。手塚清香は座ったまま笑いながら手を振った。森本といっしょにひざのナプキンをテーブルの脇において、ぼくは立ちあがる。

それから、ていねいにデパートの包装紙のような笑顔をつくった。

「こちらが江藤潤子さん、私と同じ部署で仕事をしていて、一般職なんだけどすごくできるから、総合職への編入試験を受けるようにいってるの。それで、こちらがフリーライターの立石武彦《たけひこ》さん」

手塚清香は左手をだし、右手をだし、交通整理をするように、正面にむかいあわせになったぼくと江藤潤子を紹介した。同じ部署なら外資系の証券会社の調査部で働いていることになる。ぼくは笑顔を固定したまま、江藤潤子を観察していた。

彼女は黒いベルベットのワンピースを着ていた。長袖。ミニ。ワンピースは締まった身体の線を、ぴたりとではなく適度なゆとりをもってなぞっている。夜のプールの水面に立ちあがったように、ジョーゼットを透かして肩からうえの白い肌が見えた。鎖骨のくぼみに透ける素材が重なって、香るような影ができている。

「立石さんは、どんな仕事をしているんですか」

低い声ではっきりと江藤潤子がいった。

「なんでも。週刊誌、PR誌、パンフレット、カタログ、広告。署名のない文章でお金になるものなら、なんでもひき受けてる。文章を書いているといっても、立派な文章じゃないんだ」

江藤潤子はそれだけで関心をなくしたようだった。試しに以前ゴーストライターをやった少年アイドルのタレント本の話をしてみる。少年は端整で美しい顔をしていたが、口癖は「やるっきゃない」で、日本語の語彙《ごい》は三百。五時間分の録音テープの内容は、むこう側が透けて見えるジョーゼットより薄く、二百五十枚の原稿は完全な創作になった。半分は少年の写真で埋まるから、その分量で十分一冊の本になる。江藤潤子はまったくといっていいほど、芸能界に興味をひかれていないようだ。いい兆《きざ》しだった。

女性の顔について言葉を選ぶのはいつだって難しい。髪はロングのストレートで、めずらしく茶色に染まっていなかった。切りそろえた前髪のした、太目の眉とひと重のおおきな目がある。細く通った鼻筋に厚くふっくらとした唇。江藤潤子はどちらかというと猫系ではなく犬系で、国産の純血種のようにきりりとひき締まった顔立ちだった。

困った顔。怒ってる顔。済まなそうな顔。誰の顔にもその人のあらゆる表情のベースになる基本的なトーンがあるけれど、彼女の場合それは超然とした微笑みだった。ぼくがその冷たい笑顔から受け取ったメッセージはひとつだけだ。それは「私は私を取りまくすべての状況にまったく関係ない」というものだった。どこにでも似たような人間がいる。ぼくは半分感心し、半分あきれながら江藤潤子を見つめ、鏡に映したように彼女と同じ笑顔をつくっていた。

森本とぼくのあいだでワイン選びのちいさなサスペンスが済むと、女性は魚、男性は肉のコース料理がベルトコンベアのように始まった。

それからの二時間なにを話したのか、ぼくはよく覚えていない。

確か手塚清香はインターネット関連株の展望について話し、ぼくと江藤潤子はそれにつきあった。森本博信は印刷会社の十二月のいそがしさについて話し、やはりぼくと江藤潤子はそれにつきあった。

彼女はさっさと皿のうえの料理を片づけながら、自分から話題の中心になることも話題を提供することもなかった。冷たい笑顔を浮かべたまま、どんな話にも調子をあわせ、ときおりひやりとするような皮肉な意見をいう。それがなぜか、ぼくにはおかしかった。両どなりににこにこと座っている善人のカップルにはないものを、江藤潤子がふんだんにもっていたからかもしれない。微量の悪意とスパイスのきいた知性。香水と同じだ。どちらも上手に身につければ、女性をひどく魅力的に見せるものだった。

レストランをでたとき、腕時計は夜の十時をまわっていた。代金はぼくがカードで払い、領収書をもらった。自営業のささやかな自衛策。半分はあとで森本に請求する。暖冬の今年は十二月の夜でも、ぜんぜん寒さを感じなかった。マッキントッシュのコートは着ないで手にもった。赤いワインで軽く酔った頬をなでる風が心地いい。

青山通りまで暗い路地を四人で歩いた。さすがの江藤潤子も、このころにはすこしハイになっているようだった。声が店内よりおおきくなっている。紀ノ国屋《きのくにや》の閉まったシャッターのまえで、ぼくたちはあらゆる酔っ払い集団の習性にしたがい立ちどまった。手塚清香がいう。

「明日もあるし、私たちはここで失礼するわ。今日はとても楽しかった。ひろクン、あのタクシーつかまえて」

森本博信は植えこみをまわって車道におりると、光りの川に手を浸《つ》けるように右手を軽くあげてタクシーをとめた。開いたドアに手塚清香が滑りこむ。それから森本は窓ガラスの上端に手をかけて、立ったままぼくを手招きした。歩道の端までいってみる。

「ん、なあに」

森本は車道から上目づかいでささやいた。

「なあ、今夜うまくいったら、明日の朝、携帯に電話くれよ」

タクシーの後部座席では、手塚清香がOKサインをだしていた。

「わかった。じゃあ、手塚さん、おやすみなさい」

タクシーの乗務員はちょっと腹が立っていたらしい。なにかいいかけて口を開いた手塚清香にかまわず自動ドアを閉めると、荒々しくもとの流れに戻っていった。

友人のいう通りうまくやろうとは思っていなかった。だが、家に帰って本の続きを読む気もなくなっていた。ぼくは手塚さんや森本のまえでは隠している、江藤潤子のもう一枚下側の心をのぞいてみたかった。閉じたシャッターにもたれるように立つ彼女のそばに戻り、試しにいってみる。だめならそれでもいいのだから、気楽な誘いだった。

「もし時間があるなら、近くに知ってるバーがあるんだけど」

「いいわ。そこにいきましょう。今日はお疲れさま」

そういう江藤潤子の顔には、例の冷たい笑いは浮かんでいなかった。唇の端をつりあげる筋肉が凝《こ》ってしまったのだろうか、疲れた表情になっている。ぼくたちは五十センチほどの距離をおいて、肩を並べ夜の街を歩いた。青山通りから銀行の角を曲がり表参道をくだる。そのあたりの遊び人たちが帰宅するラッシュアワーにあたるようで、ゆるやかな坂道のしたから、足早に地下鉄の駅にむかう人波が押し寄せてくる。今年は表参道のケヤキ並木にクリスマスのイルミネーションは点《つ》いていない。見あげるとケヤキはすっかり葉を落とし、2Hの鉛筆で描いた枝先にぽつぽつと東京の暗い星を隠していた。

ハナエモリビルをすぎて一方通行の小道を左に曲がると、バーの錆《さ》びた鉄製看板が見えた。

「あなたは私で何人目なの」

江藤潤子はテーブルに頬杖をついていった。ぼくたちのあいだにはカクテルグラスがふたつ並んでいる。シャンパンを黒ビールで割ったカクテルで、彼女のその夜の衣装にぴったりだといって、ぼくが頼んだものだ。ブラック・ベルベット。

「四人目。そうか、そっちも何度も紹介されたんだ」

「そう。私はあなたで六人目。清香さんていい人なんだけど、自分の幸せを他人にも強制したがるところがあるのよね」

　ぼくは笑った。善意の犠牲者がここにもひとり。

「で、正直どんな感じ」

「面倒くさいな。別に嫌な訳じゃないけれど。私のことはなんていわれたの」

「頭がよくて仕事ができて、彼女の知りあいのなかじゃ、トップクラスにかわいい子だって」

「ふーん」

　興味なさそうに鼻でこたえて、江藤潤子はいった。

「でも、他にマイナス点もついていたんでしょう」

「気が強くて、たまにきついことをいうって。ぼくについてはなんて紹介された」

　江藤潤子は顔を崩した。その夜初めてのほんとうの笑顔のようだった。

「ひねくれた振りをしてるけど、素直ないいやつだ。まっすぐなコースをはずれたお坊ちゃんだって」

「ふーん」

確かに鼻でこたえるしかなかった。嫌なことはしない。子どもみたいだが、ぼくは自分のほうがまっすぐな道だと思っていた。まっすぐな道は人の数だけあるということか。

「あなたはなぜ、女の人とつきあわないの。ぜんぜんかまわないけれど、もしかしてゲイ？」

「違うと思うけど、どうかな」

江藤潤子は不思議そうな顔をしている。コンクリート打ちっ放しのざらざらした壁面とむきだしの黒い空調ダクトが背景だった。キャンドルの灯るレストランより江藤潤子にはしっくりとくる。

「その気になれば女性とつきあうだろうけど、今はその気にならない。だいたいみんな、恋愛依存症なんだ。いつもときめいていたいなんて、ハイエナみたいに休みなく恋をあさる。テレビの安いラブストーリーの見すぎだよ。病気だ」

「ふーん」

目、口、首筋、肩、腕を通って指先。江藤潤子の視線が、テーブルのうえにでたぼくの上半身を、さっと掃《は》くように移動した。

「ねえ、立石さん。私たち、つきあうことにしない。もちろん、嘘のおつきあい。あのふたりのまえでだけ、恋人どうしの振りをするの。そうすれば、私はもうつまらない男と食事をしないで済むし、男たちからしつこい電話もかかってこない。あなただって楽になるでしょう」

バーゲンセールのように半期に一度新しい女性を紹介されるよりは、確かにいいかもしれない。周囲の友人たちはカップルで動くことが多く、たいていの場合ぼくはひとりでその場に参加していたのだ。すくなくとも江藤潤子なら、退屈だけはしないで済みそうだった。

「いいよ。それで、どういうふうにすればいいのかな」

江藤潤子は野良犬の尻尾に花火をつけるいたずらっ子のような笑いを浮かべた。

「最初に済ませておきましょう。私の部屋は桜新町《さくらしんまち》よ」

タクシーは彼女のマンションではなく、コンビニエンスストアのまえでとまった。予備の歯ブラシはあるかときくと、江藤潤子はないといった。飲みものはミルクだけという。ぼくは歯ブラシとスポーツドリンクを買った。スポーツドリンクなんていうと、これから始まる運動後の水分補給のためなんて思うかもしれないけど、ただ酒を飲んでのどが渇いていただけだ。

ぼくがレジを済ませるあいだ、江藤潤子は雑誌コーナーで立ち読みをしていた。背中をすこし丸め、ロングブーツの足をX字形に交差させ、つまらなそうに女性誌を開いている。清潔で明るく冷たいコンビニの店内に、江藤潤子は妙に似あっていた。光る素材のコートの肩に青い蛍光灯の明かりがとまっている。

「お待たせ」

ぼくが近づくと江藤潤子は、毒の花を栽培するプラントのような書棚に、ていねいに雑誌を戻した。好印象がプラス1点。本屋の店先などで、目を通した雑誌を放り投げる人間がいるが、あれは嫌いだ。

ぼくたちは手も握らず、腕も肩も組まずに、桜新町の路地を歩いた。真夜中に見知らぬ街を歩く心細いような、訳もなく愉快なような気分になった。このまま歩き続けて、彼女の部屋になどいかなくてもかまわないと思った。朝がくるまで迷っていればいい。面倒な関係などもたずに家にかえり、明け方にシャワーを浴びて歯を磨いたら、自分のベッドでゆっくり眠るのだ。

「ここよ」

そのあたりは中層の新しいマンションが並ぶ住宅街だった。ぼくにはどのマンションも個性のない同じ規格品に見えた。白いタイル、銀のサッシ、ダウンライトに明るく照らされた無人のエントランス。

江藤潤子はそのうちのひとつにはいっていった。壁のオートロックに鍵をさしこみ、ひどくゆっくりしたエレベーターで四階にのぼる。ぼくたちは外廊下を足を忍ばせて歩いた。一直線に並ぶ同じ形のドアのひとつで彼女は足をとめる。表札にはなにも書かれていなかった。ドアはゆっくりと開く。

「狭いところだけど、はいって」

玄関は確かに狭いけれど、よく整頓されていた。靴箱のうえには緑色の石をくりぬいてつくった香炉がおいてある。あがるとすぐに短い廊下で、右手にユニットバスと洗濯機おき場があった。奥は八畳ほどのロフトつきのワンルームになっている。ぼくはあまりじろじろと周囲を見まわさないようにしながら、それとなく江藤潤子の部屋を観察した。

あまり女性らしくないさっぱりとした部屋だった。寝具はロフトにあるようで、片側の壁にベージュのラブソファ、中央にガラスのテーブル、ビデオつきのテレビが納まったおおきな格子状のオープンシェルフが対面におかれていた。衣類用のチェストやロッカーは見あたらない。振りむくと手前側の壁一面が、ルーバー扉のクローゼットになっていた。絵や写真やポスターなどアクセサリーはひとつもない。レースのカーテンだけ閉められたアルミサッシの横に、腰くらいの高さの観葉植物があるだけだった。あれは確かケンチャヤシといったっけ。太い幹の先にポニーテールのような緑の葉がひとふさ豊かに茂っていた。

「気にいった？　このコップ使って。私、先にシャワー浴びるね」

コンビニの袋をさげて立ったままでいるぼくに、江藤潤子がグラスを渡してくれた。それからさっさとバスルームにこもってしまう。部屋にかえってからの江藤潤子は、ひどくそっけなくなったようだった。しかたなくぼくはソファに座り、テレビの深夜放送を音を消して眺めた。

その夜初めて会った女性の部屋で、シャワーの水音をききながら待つ三十分。そういう体験が初めてという訳じゃないけれど、何度やっても居心地の悪い時間だった。再びあの疑問が頭をかすめた。ぼくはこんなところでいったいなにをやっているんだろう。画面のなかでは若手コメディアンが、音もなく女の子をつぎつぎと巴投《ともえな》げしている。

「お先に」

江藤潤子がユニットバスの扉を開けて、髪を拭きながらあらわれた。だぶだぶのグレイ霜降りのTシャツにボクサートランクス。まったくセクシーではない格好だった。それでもすんなりと伸びた太ももの張りに目を奪われる。バスタオルを渡された。

「あなたの着替え、だしておくね。さあ、交代」

ぼくは歯ブラシをもって、蒸し暑いバスルームにはいった。歯を磨いていると、薄い扉のむこうからヘアドライヤーの音がゴーゴーときこえてくる。なんというか、同棲二年目の気分だった。

バスルームをでると、室内の明かりは落とされていた。洗濯機のうえにはTシャツとハンガーがおいてある。ほのかにぼくの知らないハーブの香りがした。よかった。以前、ある女性の部屋で鼻の奥が痛くなるような猛烈に甘いラベンダーに、くしゃみがとまらなくなったことがある。

ぼくはハンガーにかけた服をもって奥の部屋にいった。江藤潤子の姿はなかった。オープンシェルフの端にハンガーをかけて、できるだけやさしい声をだした。

「終わったよ。そっちにいってもいいかな」

返事はなかった。ぼくはロフトに続く梯子《はしご》を一段ずつ踏みしめるようにのぼった。

ロフトは三畳ほどの広さで、天井の高さは中腰にならないと頭がぶつかるくらい。床にじかに敷いたマットレスには、羽毛布団《うもうぶとん》にくるまって江藤潤子が横になっていた。目をおおきく開いて、ぼくではなく傾斜のついた天井を見つめている。化粧を落とした彼女の横顔も、なかなか素敵だった。考えてみると、まだ手も握っていないし、キスもしていないのだ。まあいいやと思った。時間をかけて段階を踏んでも、まとめて済ませても、たいした違いはない。

ぼくは静かに江藤潤子の横に滑りこんだ。羽毛布団のなかの空気はあたたかかった。ドライヤーの熱が残るやわらかな髪をなで、あごの先をつまむように唇の角度をあわせ、初めてのキスをした。最初は浅く、それから深く。江藤潤子は自分からとがらせた舌先をからめてくる。

ぼくたちはマットレスのうえに起きあがり、互いのTシャツを脱がせた。同じグレイ霜降り、GAPの男ものLサイズだった。江藤潤子の胸はおおきくはないが、身体と同じようにひき締まり、先端は軽く上方を指している。キスをしながら抱きあい、彼女のやわらかな腹とぼくの腹がふれたとき、電流が流れるような震えが全身を走った。身体じゅうの毛がすべて逆立ってしまう。抱き締めた女性の身体は自分の腕のなかにあるのに、なぜすべて幻のような気がするのだろうか。セックスのたびに、ぼくは不思議に思う。

古い建物が倒壊するようにゆっくりと横になり、ぼくは江藤潤子の身体の隅々まで探った。レストランであれほど魅力的だった鎖骨のくぼみ、細かなしわを刻むひざの裏側、大殿筋《でんきん》と脊椎《せきつい》が立体的につながる産毛《うぶげ》の浮いた腰。指先、指の腹、中指の第二関節の外側の敏感な皮膚、それにもちろん舌先と、ぼくのもっている触覚を総動員して、彼女の身体の表面をサーチした。ときおりぼくの頭の遥か上方から、ため息やうめき声がきこえてくる。

指先の探険は最後に江藤潤子の性器にむかった。あやふやな輪郭《りんかく》をそっとなぞり、指の腹で割ってみる。熱はあるけど、指先にほとんど湿りを感じなかった。

「いいよ、続けて」

江藤潤子の声が暗がりのどこかできこえた。中指の腹に唾液をつけてぼくは続行した。

それからどのくらいの時間がたったのだろうか。傷をつけないようにいくらていねいに愛撫しても、江藤潤子はなかなか準備が整わないようだった。なんというか、八月のお天気雨みたいだ。天からの恵みは、焼けついたアスファルトに落ちるはしから、からからに乾いていく。江藤潤子はいった。

「気にしなくていいのよ。私、初めてのときはいつも緊張して、うまくできないの。初めての人といけたことってないんだ」

ぼくは指を休めていった。

「ねえ、別に無理してやらなくてもいいんじゃない」

江藤潤子はぼくの固くなったペニスに視線をさげていう。

「男の人ってそうなったら、もうとめられないんじゃないの」

「そんなことないよ」

もちろん男もいろいろだから、そういうやつもいるだろう。でも、すくなくともペニスに流れたくらいの血液で、脳が虚血状態になるとは思えない。やめようという意志さえあればやめられるのだ。

「つぎの機会を待つよ」

江藤潤子は笑いをふくんでいう。

「つぎの機会なんてないかもよ」

それで、ぼくたちはマットレスの端と端に別れて眠った。

翌日の朝目を覚ますと、天井があまりに低いので驚いた。となりには誰もいない。ぼくが起きあがると、したから江藤潤子の声がした。

「おはよう。コーヒー、はいってるよ」

「今、何時」

「七時半。あと二十分ででるから仕度してね」

普段十時から十一時のあいだに起きるぼくには、明け方の時間帯だった。あわてて梯子をおりて、服をもちバスルームにいった。髪の寝癖を水で直し、歯を磨き顔を洗った。歯ブラシをどうしようか迷ってから、そのまま洗面台においておいた。必要ないと思えば、彼女が捨てるだろう。

ぬるくなったカフェオレをごくごくと飲みほすぼくを、江藤潤子はマフラーまで巻き終えた格好で、おもしろい動物でも見るように見ていた。七時五十分、定刻通りにぼくたちは彼女の部屋をでた。駅にむかう人の流れに合流する。冬の朝の光りはぼくにはまぶしすぎるようだった。目がなかなかあかない。江藤潤子は白い息を吐きながらいった。

「ねえ、昨日の夜の話、覚えてるよね。私たちがつきあう振りをするっていう」

コートのポケットに手を突っこんだままこたえた。

「覚えてる」

「それで、私、いいこと考えたんだ」

そういうと江藤潤子はぼくの横を歩きながら、右手を顔の高さにあげた。手首を九十度に折る。それから手を振った。

「これが私たちの『嘘だよ』っていうサイン。さよならのバイバイじゃなくて、恋人のフリフリっていう合図なの」

江藤潤子はまた手をあげて、フリフリのサインをだす。ぼくも同じようにぶらんと手首から力を抜いて振ってみた。つきあってる振り、好きな振り、恋人の振り。それはなかなか悪くなかった。

通勤途中のサラリーマンに背中を押されるように、ぼくたちは桜新町の駅前通りにでた。江藤潤子は田園都市線で会社にいくという。ぼくは近いからタクシーでかえるという、通りで車をとめた。

「それじゃ、昨日は楽しかった。またね」

ぼくがのりこむと、歩道に残った江藤潤子は、きりりと締まった朝の光りのなかで、手首を曲げて軽く手を振った。フリフリ。ぼくもタクシーの窓越しに同じ合図をかえす。車が走りだすと、江藤潤子はすぐに背をむけて、地下の駅にむかって歩き始めた。たぶん余韻にとぼしい性格なのだ。それも彼女の魅力なのかもしれない。

その年の年末、ぼくと江藤潤子は、通信販売の押しいれタンスのように、いつもふたりひと組で動いた。振りだけとはいえ、彼女とぼくのコンビは決して悪くなかった。残念ながら最初の夜以来、彼女の部屋にあがる機会はなかったが、ぼくはそれでも十分満足していた。振りだけのつきあいの気軽さと快適さを、壊したくなかったのかもしれない。

仲間内の忘年会やクリスマスでは、他の友人といるあいだ江藤潤子はぼくの腕を取り、会がおひらきになりカップルが散っていくと、自然に腕組みを解いた。地下鉄の改札で別れるときは、手首を九十度に折る例の合図がさよならの代わりになった。週末の夜遅くひとりで自分の部屋に戻り、音楽をきいたり本を読んだり、ときに締切の近いときは仕事をしたりする。そんな夜更け、ふと江藤潤子のことを思いだすことがあった。

こうして恋人どうしの振りを続けているうちに、実際にそうなるかもしれない。そうはならないかもしれない。だが、どちらにしろその過程を無理にスピードアップしたくなかった。このままフリフリの状態を維持しながら、ゆっくりと糸をたぐるように彼女に近づいていければいい。激しくも強くもなく、心にとめておける女性がいる。それだけでいつもは憂鬱な十二月が、薄曇りの空のように穏やかに明るくすぎていった。

だが、気もちのいい天気ばかりいつまでも続かない。ぼくと江藤潤子の場合、嵐は意外なところからやってきた。

冬休みが明けて、学生やサラリーマンがそれぞれの場所にかえり、街が静けさを取り戻した一月のなかば、仕事中のぼくの携帯がいきなり鳴った。モニターの文書を再保存しながら電話にでる。

「はい」

「立石さん……」

手塚清香の声だった。ぼくの名前を呼んだきり、あとは泣き声しかきこえない。

「どうしたの」

「……ひろクンが……浮気した……会社の営業補助の……女の子だって」

自然にため息が漏れた。その日はウイークデイなのに、手塚さんは会社を休んであちこちに電話をしているようだった。話をきいてみると、デート中におかしな電話が何度もかかってきて、そのたびに森本はそわそわと所在なげに呼びだし音を無視したり、応答してもぶっきらぼうな言葉をかえしたりしたそうだ。不審に思った手塚さんは、森本の携帯のメモリをすべて調べあげた。こういうときの女性の調査力をあなどらないほうがいい。

彼女は見事、森本の七つ年下だという営業補助の女の子の名前と電話番号を見つけだした。問いつめられて、森本もあっさり浮気を認めているという。こうなると手の打ちようがない。ぼくは彼女をなぐさめたが、自然と森本の長所を数えあげたりする結果になった。損で疲れる役まわりだ。男どうしの醜いかばいあい。フェミニストが怒るのも無理はない。なにせ腹のなかは、ぼくだってこんな面倒を起こした森本への怒りで燃えているんだから。

長い電話の最後に、ぼくは江藤潤子といっしょに週末の関係修復会議に中立的なオブザーバーとして参加することに決定した。

土曜日はひどい寒さになった。午後五時、ぼくと森本は表参道を見おろす約束の喫茶店の二階席で、手塚清香と江藤潤子がくるのを待っていた。厚い雲に閉ざされた空は、夕暮れの一瞬の鮮やかさもなく、濃い灰色から霜がおりたように濁った濃紺に色を落としている。

らせん階段をのぼって最初に江藤潤子の怒った顔があらわれた。そのうしろに手塚清香が続いている。ぼくは彼女の顔を見た瞬間に嫌な予感がした。手塚清香はもう怒っても、悲しんでもいないように見えた。逆に晴れ晴れとした表情をしている。彼女のなかでは、すでになんらかの決断が済んでしまっているようだった。

森本にもそれがわかったらしい。いきなり落ち着きをなくし、そわそわと椅子のうえで身体を動かし始めた。江藤潤子がぼくたちのテーブルの横に立った。女性の最悪の敵は男だ、ぼくたちを見おろす厳しい視線はそう宣言しているようだった。背筋をまっすぐに伸ばし、席に着くといった。

「清香さんはひとりで結論をだしたわ。今日ここですべて終わりにするって。私と立石さんはその証人」

森本が情けない声をだした。

「ちょっと待ってくれよ。もうすこし話しあってもいいじゃないか」

手塚清香はいくらか頰がこけているようだった。念いりに化粧をした唇が微笑んだ。

「この三日間、私たちはずっと話しあってきたわ。でも問題は私にあるの。私は弱いから、これからあなたをもう一度信じる力がない。潤ちゃんのいう通り、ここで今終わりにしましょう」

タイトスカートのウエイトレスが、あとからきた二人分の注文をききにやってきた。江藤潤子がいった。

「ごめんなさい。私たちはすぐにかえるから」

その言葉が合図になったように、女性ふたりは立ちあがった。森本は椅子の肘掛けをしっかりとつかんで、顔色をなくしている。目には薄く涙が張っているようだった。中立的な審判どころではなかった。ぼくはひとことも口をはさむまもなく、瀕死《ひんし》の友人を介護する救命隊員の役を押しつけられている。

「ちょっと待っていてくれ」

ぼくは凍りついたままの森本にそういい残すと、らせん階段を駆けおりた。レジをすぎ、表参道の幅の広い遊歩道にでる。夕方の人波のなかで、手塚清香と江藤潤子においついた。

「江藤さん、ちょっと待って、話があるんだ」

振りむいた彼女は、まだ怒った顔をしていた。

「とめても無駄よ。私たちはこれから女ふたりで朝まで飲むんだから。今夜は男はひとりもいらないの」

「森本のことじゃない。ぼくたちの話だ」

ぼくがそういうと手塚清香は気を利かせて、歩道を数メートル離れ、ケヤキの幹を見あげるようにぼくたちに背をむけた。思いきっていった。

「手塚さんと森本が別れてしまったら、ぼくたちが恋人どうしの振りをして会う機会も、ずいぶんすくなくなってしまうと思う。だけど、できるならぼくは君とこれからも会いたいんだ。それもフリフリではなく、きちんと将来発展する見こみのある関係で。わかるかな」

江藤潤子は驚いた顔をした。そんなふうに彼女に対する感情をあらわにするのが初めてだったからだろうか。表参道の遊歩道に立ち、白い息をはきながらぼくは続けた。

「あとでもいいけど、できればぼくも今ここでこたえを教えてほしいんだ。口でいわなくてもいい。手塚さんたちがいなければ、もう無理して恋人の振りをする必要がないなら、今まで通りフリフリの合図をしてくれ。これからもつきあってくれるなら、きちんと手首を伸ばしサヨナラの手を振ってほしい。いいかい」

眉をひそめて江藤潤子はぼくを見ていた。あの不思議な動物でも見る目で、ゆっくりとうなずく。ぼくはけっこう必死だった。

「これからまた、喫茶店にぼくは戻る。つぎのケヤキ並木のところで振りかえるから、そうしたら手を振ってほしい。それじゃ」

ぼくは大股でどんどんすすんでいった。十数メートルほど離れただろうか。しだいに近づいてくる街路樹が、死刑台のように見えた。乾燥してひび割れた幹に並ぶと、ぼくはゆっくりと振りむいた。スローモーションで通りすぎる週末の人たちのなかで、江藤潤子だけが静止している。絶対に動かない世界の中心点にでも立っているようだった。

彼女の手が動いた。手首は折れたまま、顔の横まで右手はあがり、誰かの冷たい手が直接心臓にふれたようにぼくの胸は痛んだ。最後の瞬間、細い手首はまっすぐに伸びると、江藤潤子は笑顔でおおきく手を振った。フリフリではなくバイバイ。これからなにかを始めるための、ぼくたちの初めてのサヨナラだった。

残っていた息を全部はきだした。全身の力が抜けた直後に、ソーダの泡が弾けるように喜びが湧いてくる。ぼくも笑って手を振った。こちらもフリフリじゃなくバイバイ。江藤潤子はくるりと背をむけると、手塚清香にむかって歩きだし、二度と振りかえらなかった。

これから、どんな顔をして店に戻ればいいのだろうか。ぼくはちょっと困惑しながら、失恋した友人をなぐさめるために、真冬の遊歩道をはずむように歩き始めた。

ゴルフ死ね死ね団

姫野カオルコ

姫野《ひめの》カオルコ（1958〜）

滋賀県生まれ。青山学院大学文学部卒業。在学中から、いくつかの雑誌でリライトやコラムなどを手がける。卒業後、画廊事務を経て90年、出版社に直接持ち込んだ連作小説『ひと呼んでミツコ』がその場で採用されて、作家デビュー。97年『受難』で第117回、03年『ツ、イ、ラ、ク』で第130回直木賞候補。

死ね死ね、ぱぱぱやー。

死ね死ね、ぱぱぱやー。

きょうれつなサンバのリズムに乗って、彼らはやって来る。

中原銀座のアーケード。プラスチックの桜もゆれる。彼らがふりまわす棒の風圧で。買い物中の市民はぎょっとして通路をあける。

んぱっ、死ね死ねっ。

んぱっ、死ね死ねっ。

腰をクネクネさせ、勝ち誇ったように彼らは右手を上げる。「んぱっ、んぱっ」という呼吸の合いの手が、南国の太陽のように明るいぶん、つぎにつづく「死ね死ね」の部分は、暗い。髪の毛の先からつまさきまで怒りが充満した暗黒の響き。

「ママ、ママ、ごめんなさい」

年端《としは》のゆかぬ子供たちは、親にすがって泣く。ごめんなさい。ごめんなさい。子供たちは、やみくもに謝る。棒をふりまわすサンバ集団の、その憤怒《ふんぬ》の音頭は、耳にした者をなにか「反省」させずにはおれない力があった。

「たくやちゃん、そうよね。たくやちゃんはいいのよ。ママが悪かったわ」

「ゆうた、いいんだ。ゆうたはいいんだ。パパが悪かったんだ。悪いのはパパだ」

子供たちを抱きしめる親たちもまた、身をふるわせて謝る。なぜ「ママが悪かった」のか「悪いのはパパ」なのか、わからない。とにかく、リズムに圧倒されて反省するのである。

親子だけではない。子を持たぬ若者も「悪かった。ごめんなさい」と反省する。商店のおやじや、ぶらぶらと店ひやかしをしていたOL、サラリーマン、保険のセールスマン、セールスレディ、市議会議員などなど、日曜日のそのとき中原銀座にいた者たちはみな、怒りの棒の動きに圧《あっ》され、がくがくと反省した。

サンバの音は小さくなり、棒持つ彼らは中原銀座を去ってゆく。

彼らは思想集団であった。五人。男三人、女二人。男たちはみなスーツにネクタイ。女たちもスーツ。二十代、三十代、四十代、五十代。はばひろい年代がそろっている。

彼らはみな、ごくふつうの暮らしをいとなんでいて、平日は仕事があるため、日曜日しか理想思想の活動はできない。

今日は中原銀座に来る前に、江陽台健康の森公園と明成小学校前で踊った。怒りを全身にみなぎらせたサンバは、体力をはげしく消耗するので三ヵ所が限度だ。中原銀座のアーケードを抜けたところで、彼らは踊りをやめた。

「ふう、くたくただ」

汗をぬぐう五人。彼らに遭遇した者だけでなく、彼ら自身もまた疲れているのだ。

「おう。では、このあとはミーティングにしよう」

彼らは一ッ橋家に向かった。

一ッ橋は最年長の男である。長いあいだ練馬区で妻と大根を作っていた。おとし妻に先立たれてから「いぶりがっこ」作りをはじめ、酒を出す店などに卸している。大根の燻《くん》製《せい》であるいぶりがっこ作りは、思想運動の仲間、二見と共同ではじめた。

その二見が言った。

「やっぱさー、洋服がこんなだとインパクトが弱いんじゃないかなー。オレはべつにふだんはファッションなんてどうでもいいと思うんだけどさー、活動のためには、もっとメッセージとしてのインパクトのある洋服のほうがいいんじゃないかなー」

二見は彼らのうちでは最年少だ。秋田出身。

「じゃあ、どんないでたちならメッセージがあると思われるの？　パンクロッカーみたいなツンツン頭のほうが効果があると？」

三鳥《みどり》がふちなし眼鏡のブリッジを指で神経質そうにあげる。三鳥は万代信用金庫石神《しゃくじ》井《い》支店の女性支店長である。

「それもいいかな。オレなんかはさー、とりあえずさー、なんかさー、キャッチーなことっていうのがまずあったほうがいいんじゃないかな、って思うワケよ」

「ばっかみたい。ようするに目立ちたいってことじゃない」

「そうじゃなくて個性やオリジナリティをもっと出したほうが……」

青年を制して三鳥は、まくしたてた。

「個性ね。ふん、個性ね。オリジナリティね、ふん。個性にオリジナリティと言っときゃカタがつくわけ？

髪をキンパツにしたり逆立てたりしてる人って、みんなそういうこと言うのね。

むかしっから、そ。サンフランシスコ講和条約のころから、そ。フラフープのころから、そ。『エメラルドの伝説』のころから、そ。

反逆の精神。日和見《ひよりみ》主義はいやだ。体制におもねるべきではない。俺は個性を大切にしたいと伝統的に言うのよ、そういう人たちは。

そりゃ個性は尊重されるべきだわ。わたしも尊重するわ。でも、個性、個性ってなにをそんなにもったいぶってんのよ。個性とかオリジナリティとか、声高に言う人にかぎって個性なんか薄っぺらなんだから。

それが証拠に、みんないっせいにそろって髪の毛をキン色にしたりチャ色にしたり。いっせいにそろって眉細くしたりピアスしたり。着る洋服もみーんないっせいにいっしょ。まるで制服じゃない。なにが個性よ。個性ファショリズムだわ」

三島はウーロン茶をごくごく飲み、青年にさらににじり寄る。

「なによ、あの、みんないっせいのブーツ。底のぶ厚さ二十センチはあろうかという。あんなの板前さんのゲタよ。みんなで板前さんのゲタはいて個性だって主張してる人が、百万、二百万といるわ。没個性のきわみよ。ほとんど国家統制よ。

鼻にピアスしちゃってる男もおんなじ。〈音楽を通じてほんとうの自分を伝えたい〉だって。プッ。噴きだしちゃうわよね。じゃ、なに？　ほんとうの自分だなんて、その人はいつもは嘘の自分なわけ？　そんならニューヨークにもロンドンにも行っちゃだめよ。偽造パスポートなんでしょ、嘘の自分なんだからさ。音楽やるより前に逮捕よ。

あーあ。バンドやってる若い男って、みんな、こ。〈素直になれない〉〈きみに会えてよかった〉〈やさしくなりたい〉とか、どいつもこいつも同じようなかっこうで同じようなメロディでうたって、それで個性？　もう、うんっっっざり。〈きみ〉〈さびしい〉〈やさしい〉〈明日〉〈夜〉の五単語を使わずに作詞してごらんなさい、って問題を出してやりたくなるわ」

三島は青年に、キスするのではないかというくらいににじり寄っている。

「まあまあ、三島さん。彼が、そういう音楽をやってる男、というわけじゃないんだから、ここは論点をはずさないようにしてくれよ。ほら、ハンカチが膝から落ちたよ」

ハンカチを拾ってやった男は四郎だ。

四郎は医者である。大学を出たあと離島の無医村に赴《おもむ》き、そこに長くいた。実母の健康状態がおもわしくなく、ほかの兄弟姉妹もあてにならない。そこで後任医師を見つけたあと、本州にもどった。

「二見くんはいぶりがっこを都内で普及させようとがんばっている青年じゃないか。個性的だと思うよ」

茶受けに出ていたテーブルのいぶりがっこを、ぱりりと齧《かじ》る四郎。

「うーんとさー。いぶりがっこは、東京の気温だとちょっとやりづらいんだけど、オレはいぶりがっこが好きだし、みんなにももっと食べてほしいなーって、みたいな」

四郎の発言で三島の剣幕の矛先《ほこさき》を脱出できた二見青年は、ほっとしていた。

「それにねー、大根を洗って干して燻製にしてるときってさー、あれってモクモクしてて、けっこうロックなんだぜ」

「そうだよ。自分が好きなものや、愛するもの、やりたいことが明確にわかってる人は労働もたのしいんだよ。いや、労働の尊さを知っている。若いのに二見くんはめずらしいよ」

ぽりぽりと、いぶりがっこを嚙む四郎。四郎の歯の音が、あまり整頓されているともいえない六畳間に響く。

「まあまあ。三鳥さんは二見くんを責めるつもりはなかったのよ。四郎さんのおっしゃったように三鳥さんだって彼のことを見ていらっしゃるわよ」

ねえ、とほほえんだのは、いつ子である。いつ子は、祖父が開いた写真館をひとりで引き継いでいる。

「ミーティング本来の議題にもどりましょうよ。われわれの活動の服について。

わたしはね、パンクロッカーみたいなかっこうというより、もっとカジュアルなのがいいかなと思うの。だってそのほうが踊りやすいし、歩きやすいから。今のような服だと靴はどうしてもパンプスになるでしょう。男性はスーツでもぺったんこの靴をはくからわからないかもしれないけど、スーツに合う婦人靴はつまさきがせまくてサンバはつらいわ。スニーカーをはいて似合うような服でいいんじゃないかしら。ナイキのエアマックスでそろえるとか……」

「ふふん、ナイキのエアマックスね」

四郎はいつ子をさえぎった。にがにがしくいぶりがっこを噛む。

「あれはスポーツ選手のために開発された靴だろ。しかし運動もしない者がはいているのは滑稽だね。

なにも100メートル走したりマラソンしたりする者だけがはくべきとは言わないよ。

主婦の掃除だって洗濯だって買い物だって幼児のせわだって身体を使うよ。一ッ橋さんと二見くんのように農業するのは言うにおよばずだ。すごい運動量だよ。私が、運動しないって言うのは、本当に動かない奴のことさ」

四郎はテーブルを叩く。

「え、どうだい。渋谷の繁華街なんかにいる若者。あいつらはなにを運動してるんだ？二階にのぼるていどでエレベーターを使い、下りるのにさえも使う。ちょっとの距離もまともに歩けず、スケボーだとかいう丘橇《おかぞり》に乗る。

バグパイプでも吹くのか、あのスコットランド・キルトのようなズボンをはいて、ぶかぶかのトレーナーを着て、裾からシャツをでれんと出してパンツも出して、袖口だってずるずる長い。あんなふうに着ていたんでは、もとは運動のための衣服であっても運動するのに不便きわまる。袖口が邪魔になって物は摑みづらいわ、グラスは倒すわ。ぶかぶかだから姿勢が悪くても目立たない。背骨をいつも曲げる癖がつく。

なんでもレンジでチンすりゃ食べていけると思っとるらしいが、それは自分じゃなくて親の金で買った食料じゃないか。腹がへったら親の金で食い物を買って当然と思っている。若者どころか、幼稚園児だ。

自分の洋服ひとつ洗ったことがなく、ボタンひとつつけなおしたことがなく、布団カバーすらとりかえられない。こんな奴らはいったいなにを運動してるんだ？　まるで動物園の態かなにかのように、一日をただぶらぶらぶらぶらぶらぶらしとるだけでは成人の一日の平均エネルギー消費量の半分も消費しとらんのじゃないか。

なんでこんな奴らがばか高い運動服と運動靴を身に着ける必要がある？　医学的に検証してもハンバーガーばっかり食っとるから下顎の骨が退化して、小顔といや聞こえはいいが、よく見てみろ、あいつらの顔。横からみると蛇のように顎がなくて、へろりと首につづいている。後頭部は出っ張りがない。ようするに干し柿のように貧弱にすぼんだ顔だ。

こういう奴らが、これまた親の金で買った携帯電話で、チーム仲間とやらと連絡しあう。電話料金はこれまた親がかりだ。ひとりで考えられんのか。ひとりで動けんのか。寝たきりの重病人でもあるまいに。ひとりで考えたり動いたりできんから、しじゅうだれかといっしょにいないと怖くてならない。時間をどう使ったらいいのか脳も動かない。

男のマリー・アントワネット化だ。〈どうして一日は二十四時間もあるのでしょう。なにをして過ごしたらいいの、退屈だわ〉とでも嘆いて、センター街で仮面舞踏会でも開いておるのかね。

こんなだからおやじ狩りだの酔客狩りだのをやりやがる。運動しないからエネルギーを消費する機会がないんだからな。親に叱られたこともないから悪いこととしてる意識もない。大脳劣化もはなはだしい」

四郎は手摑みで、いぶりがっこを一度に十枚、口に放り込んだ。ぼりぼりぼりぼりっ。はげしい噛み音である。

「だいたい憲法9条は改正すべきだ。自衛隊は軍隊でいいんだ」

「ちょっとちょっと。それは極論じゃないですか。なんでチーマーの話から急に憲法9条にとぶんです?」

さすがに一ッ橋が最年長者らしく割って入った。

「ぼりぼりっ。うぐぐう」

十枚のいぶりがっこを飲み込み、四郎は血気ますますさかんになってつづけた。

「憲法9条改正せよというのは、戦争をしろということでは、断じてない! その逆だ。戦争を放棄するという9条にのっとって、各国の戦災地へ民間人の救援に行けと言ってる。救援活動に行くのに、なんで毎回9条を論議するのだ。それなら改正せよと言ってるんだ。

そもそも自衛隊というネーミングで行動しようとするからわけがわからんようになるんだ。レスキュー隊にしろ。そして徴兵制改め徴レスキュー隊員制にして、することがなくてマリー・アントワネットのように退屈しておるチーマーたちにどんどん赤紙を送って、カンボジアへ地雷とりに、チェチェンへ病人の担架運びをさせに行かせればいい。喜ぶぞ。なにせスリルが好きなとしごろだからな。理由もないのに自殺したい、自殺したいと吹聴《ふいちょう》してるわりにちっとも自殺しない奴らにも送ってやるとよい。

青年期の一時期に軍隊の、いやレスキュー隊の宿舎でシーツ、毛布のたたみ方、ボタンのつけ方、食器洗いに便所掃除をするのは戦争に加担してるか？　規律に緊張して生活する一時期があるのは、そんなに平和をおびやかすか？　レスキュー隊の徴員期間を終えたあと、きっと彼らはそれこそ個性的な人生を拓《ひら》いていくだろうに」

四郎が声高になると、噛みくだかれたいぶりがっこがぶっぶっとテーブルに散った。

「そうかしら……そんなにうまくいくかしら」

三鳥がふきんでテーブルを拭く。

「四郎さんの意見には、わたしも賛成するところがたくさんありますし、徴兵制、いや徴員制というのも一理あるかもしれません。でも、規律に緊張した生活は、人によっては、あまりの緊張で人格をスポイルされてしまう危険もあると思う。それこそ、そこらへんは個性を尊重すべきでは……」

「そうだな、ちょっと私もカッカしすぎたかな」

窓の外は夕焼けである。空気を入れ換えましょうかと、いつ子が窓を開ける。

「もうすぐクリスマスね」

「そうだねー、いつ子さんはやっぱりクリスマスなんかはカレシといっしょー？」

二見青年は軽い話題で、先の四郎の興奮を静めようとしたのだが、いつ子はぴしゃりと、窓を閉めた。

「何それ？　そんなものいないわ」

ひごろとはうってかわった厳しい口調のいつ子。輝くような美貌のいつ子の口調が厳しくなると、美貌なだけにいっそう厳しく聞こえた。

「わたしがみなさんと活動することになったのは、もとはといえばクリスマスも近いある日のできごとが発端なのよ」

その日、いつ子は男Aと食事をともにしていた。奥多摩にあるビストロで。

「彼はおいしい物に目がない人だった。グルメっていうのとはちょっとちがうかな。ほんとうに贅沢なものを食べるのがほんとうの贅沢だといつも言っていた。ほんとうの贅沢とは、化学調味料を使わずに、お水だってお米だって特別に無農薬のものをとりよせて使った料理だって。

彼が連れていってくれる店は、だからおいしくて、すばらしかった。

それはいいんだけど、そんなふうなビストロはたいていすごく遠い所にあって、ビストロまで行く道中で彼はいつも言うの。

〈自然に囲まれるのはなんていいんだろう。自然に囲まれて自然な食事をする。これこそ優雅というものだと思わないかい〉

わたし、言われるたびに胸が痛んで。その日はとうとう彼に言ってしまったの。

〈じゃあ、なんで車なんかに乗るの？　あなたがまき散らす排気ガスが大気を汚している

じゃない〉

わたしは車がいけない、って言いたかったんじゃないのよ。辺鄙《へんぴ》なところで暮らしている人や、家内に病人や身体の不自由な人のいる場合、車は必要でしょう。宅配便とか物の運搬にも車は必要だわ。

でも、彼は都内に住む元気な男性なのよ。家族の方もみなさんお元気よ。そして都内はものすごく交通網が発達してる。

奥多摩は遠いけれど、電車は通ってるわ。電車で最寄り駅まで行って、そこから歩けばいいじゃないの。自然食にこだわる人だったからこそ気になって、そう言ったの」

男Aの前には男Bが、やはりいつ子の美貌にひかれたのだろう、夢中になっていつもデートに誘ったという。

「Bさんも車に乗った。わたしにはなぜ、そんなに平気で車に乗れるのかわからない。だから訊いてしまうの。

排気ガスの問題など考えずに彼の車を褒めてあげればよかったのかもしれない。すごいわ、すてきな車ね、って言えばよかったのかもしれない。辺鄙な土地に住んでいれば、もしかしたらわたしもそう言ったかもしれない。

でも、わたしはどうしても、交通網の発達した大都市で、病人のためや物の運搬のためではなく、遊びで車に乗れる感覚がわからないの。とくに都内に住む、都内の大学に通う学生が、一人一台の車に乗って通学するのなんて、迷惑だわ。

でもなぜ？　なぜほかの女の人はあんなに疑問を持たずに車に乗れるの？　車に乗せてもらうことをよろこぶの？　高い車を持つことをよろこぶの？」

いつ子は爪を噛む。美貌の彼女に接近してきたのはAとBだけではない。CもDもEもFも、あまたの男たちを彼女の美貌は夢中にさせた。

「みんな車を自慢するのよ。車と時計を。あれはいったいなんなの？

それにスキーに行きたがるの。わたし、スキーはたのしいスポーツだと思うわ。スキー板をだから自分で作ったの。そしたらやめてくれって言われた。なぜ？

しかたなく彼の用意したスキーを持ってスキー場に行ったら涙が出てきた。人工の雪を降らせていたから。雪国の人がスキーをたのしむのはすばらしい。南国の人が雪に憧れて、電車に乗って雪国にやって来てスキーをするのもたのしいことだろうと共感するわ。

でも、なんでもかんでもホテルを建てて、駐車場をつくって、人工の雪まで降らせて、そんなことしてするスキーなんて、わたしにはどうしてもたのしいと思えないの。胸が痛むの。

男の人はみんな、わたしがソックスの破れたところを縫っていたら笑った。変わってるねと。そして、そういうやり方、ぼくはついていけないと去っていった。

なぜ？　破れたソックスを縫うのは変わってるの？　ものをだいじにするのは変わって

るの？　いけないことなの？　それは男の人には〈ついていけない〉ことなの？」
いつ子の美貌がくもり、涙が頬をつたう。なぜ？　という彼女の声は鼻声になってい
る。一ッ橋は最年長者の配慮でティッシュをわたした。
「いいえ、もったいない。傷口に当てるならともかく、鼻をかむのは、そんな自動的に二
枚出てくるティッシュじゃなくて、昔からある粗雑なちり紙でじゅうぶんです」
いつ子は鞄から、ちり紙を出して鼻をかんだ。
「いつ子くん、どうだあたたかいお茶を飲んだら？　さあ、みなさんもどうぞ」
四郎が煎茶を盆に乗せて持ってきた。三鳥が湯飲み茶碗をみなに配る。
「うんとさー、それで活動のさいの服なんだけどさー」
二見青年が言う。
「ふつうがいちばんいい、ということでオレたちは、背広とかそーゆーの着てたわけじゃ
ない？　でもパンクっぽいカッコもいいんじゃないかって、オレが言ったのは、まずは大
衆の注目ひいて、それから、オレたちみたいな思想だってあるんだってこと、みんなに訴
えやすくできるんじゃないかなって思ったからなんだよなー」
「ハアーッ、まったく……」
一ッ橋の深いためいき。
「なんで日本中がこんなことになっちまったんだろうなあ。ハアーッ。

〈おかしいじゃないか、もう一度よく考えてみてくれ〉というのが、われわれの主張なんだから、服は、もともとのままで、靴だけ運動靴に換えたのでいいんじゃないか？」

全員が賛成した。

「オレ、思うんだけどさー、プラカード持ったほうがいいんじゃないの？」

「そうね。文字で思想を伝えながらゆっくり行進する方法もあるわね」

「しかし、さいしょに話し合ったではないですか。それをやっても読んだ人は、

〈ケッ、へんな主張ね〉

〈どういうことかしら。意味がわからないわ。なぜアレに反対するの？〉

なんて、笑って見過ごすだけだから、もっと感覚に訴えようって。だからサンバの練習をしたんじゃなかったんですか？」

「ハアーッ」

また一ツ橋の深いためいき。

「まったく、へんなのは今の日本の奴らで、われわれがへんなわけではないはずなのに、なんでこんなふうになっちまったんだろうなあ。ハアーッ。わしはアレ自体に嫌悪感があるというんじゃないんだ」

「わたしだってそうですよ。アレ自体がいけないわけじゃないですわ」

「オレもさー、そうだよー。アレはずーっと長いことできるからいーんじゃないかなーって」

「私だってそうですよ。われわれはなにも、アレをやめろ、って言ってるわけじゃない。アレをしないのがへんだというようになってしまった現状がへんだ、って言いたいわけで」

「そうよ。われわれがなぜマイノリティになってしまったの？　なぜ？」

一ツ橋、三鳥、二見、四郎のあとで、いつ子が発したマイノリティという語は、彼らに重くのしかかる。

年齢と性別を越えて、彼らを結合させたもの。それは彼らが、日本のゴルフの現状が大嫌いだったからである。

「今の日本では、ゴルフすることに疑問を抱くのは、疑問を抱く自体で〈思想〉になってしまった。

ハアーッ。どうしたことだろう。ゴルフをすることが前提で日本社会が成立しとる。なぜそんなにみんなゴルフをするのだ？

わしがそう言うと、みんなこぞってゴルフのおもしろさを説明しよるが、そんなことを訊いとるのではない。そりゃ、たのしいだろよ、おもしろいだろよ。

けどな、日本の地形に不適切なゴルフが、なぜ日本で〈するのがあたりまえ〉にならんといかんのだ？

これをわしは訊いとるのに。

山国の日本でこんなにゴルフをする人口が増えたもんだから、めちゃくちゃにゴルフ場を乱立させて、農薬をどばどばどばどばまいて。知っとるか？　ゴルフ場に入っただけで発疹の出る人間もいるくらい、まいとるんだぞ。

しかし、そのことを指摘するとゴルフをする奴らは必ず言いよる。自然破壊はほかにもある、とか。これでは、パンを盗んだ泥棒が捕まって、泥棒するのはぼくだけじゃないよ、と言ってるのと同じだ。

しかも、ひごろは自分のニュース番組で、高潔なおももちで政治家批判をするキャスター。

〈政治家の倫理を問いたい〉

などと言いながら、そのキャスターは平気で農薬まみれに開発したゴルフ場で、ナイスショットだ。

ひごろは天然水のCMなんぞに出て、

〈ワタシはいつも自然体〉

などと言っとる芸能人が、山をめちゃくちゃに破壊したゴルフ場で、ナイスボールだ。

もっとびっくりなのは、反体制派だとかいうミュージシャンも、家族愛を描く小説家も、子供たちのあたたかい世界を描く漫画家も、まさかというような奴らまでゴルフをすることだ。

まだサラリーマンが上司とのつきあいでしかたなくやるというならともかく、反体制や家族愛や童心のあたたかさを主張するクリエーターが、まったく疑問を抱くことなく、当然のように、ゴルフをするのは、いったいぜんたいどういう国なんだ？

なんでそんなにゴルフをすることが当然視されなくてはならん？　なんでみんな疑問を持たないんだ？　ハアーッ。なんでなんだ？　ハアーッ」

にぎりこぶしをつくり、一ッ橋が天井を仰ぐと、二見青年が立ち上がった。

「くじけないで。さあ、みんな、今日は夜も活動しようよ！　ゴルフに疑問をちょっとでいいから持ってもらおうよ。疑問を持つ人を増やそうよ。われわれの思想をひろめるんだ！　マイノリティだからってくじけるな。ちゃんとわれわれの思想を示そうよ」

青年はふたたび棒を摑む。おう。みな青年につづく。棒は、夢の島に捨てられていたゴルフのクラブだ。

死ね死ねっ、ぱぱぱやー。

死ね死ねっ、ぱぱぱやー。

きょうれつなサンバのリズムに乗って、彼らは踊る。んぱっ、んぱっ。その呼吸から洩れる悲痛な思い。悲痛な疑問。彼らの名前は、彼らの名前は、ゴルフ死ね死ね団。

コメディアン

小泉喜美子

小泉喜美子《こいずみきみこ》（1934～1985）

東京都生まれ。都立三田高校卒業。59年、ジャパンタイムズ社勤務時に「我が盲目の君」で第1回EQMM短篇コンテスト準佳作。63年『弁護側の証人』で作家デビュー。79年「痛み」で第32回、80年「かたみ」で第33回、85年「紫陽花夫人」で第38回日本推理作家協会賞・短篇および連作短篇部門候補。翻訳家としても活躍。

恋しいな
きざなやつらのいないとこ
銭やおじぎのないとこや
無駄の論議のないとこが
　　　　――J・ラフォルグ

1

出演の時刻が迫っているのに、相棒がなかなか楽屋入りしてこないので、ほんの少し、彼はいらいらしはじめた。

衣装を着こみ、メークアップも終えてしまってから何度目かに、彼はまたしても腕時計を眺めた。ついでに、楽屋の壁にかかっている古びた電気時計のほうもちらりと振り返ってみた。いくつ時計を見くらべたからって、時刻はひとつだけだった。

それでも、楽屋の時計のほうが彼の腕時計より五分かそこら、遅れていた。彼はそっちの時刻を採ることにした。おれのは進ませてあるんだ、と自分に言い聞かせた。

そう、おれのはいつだって少しだけ針を進ませてあるんだ。なぜかと言うと、理由もなしに遅刻して他人をはらはらさせたりなんかしたくないからな。他人に迷惑をかけることだけは、おれは絶対にしたくないからな。

そのためなら、仕事のたびに少々早すぎる時刻に叩《たた》き起こされるくらいはかまわなかった。少々眠くて、頭がぐらぐらして、膝もふるえて、ああ、頼むからもう五分、もう三分だけ寝かせてくれ、もし、できることなら、このまま永久に起こさないでくれ、永久に眠ったままにしておいてくれと心のなかで悪態をつきながらのろのろと起き上がるくらいは、何でもなかった。

――そう納得すると、どうにかおちついてきて、彼は舞台衣装のまま、手には小道具のステッキを持ち、楽屋口が一目で見渡せるあたりの通路に出ると、煙草に火をつけた。

来るさ、あいつは出番までには必ず来るさ。さっき、あいつのアパートに電話したが、誰も出てこなかった。来るさ、必ず駈けつけてくるさ。あいつはいいやつなんだ。今までに無断で仕事をすっぽかしたことなんか一度もありはしない。あいつは信頼できる相棒なんだ。

昨日、演《だ》し物の打ち合わせのことでちょっとやり合ったけれども、あんなのはべつに何でもない。あれは芸の上の意見の交換だ。新しいレパートリィに取り組むときの必然的な切磋琢磨《せっさたくま》だ。べつに喧嘩でも争いでもありはしない。その証拠に、おれはこうして張り切って今夜はこのミュージック・ホールに来ているじゃないか。おれはここの仕事が好きなんだ、どこの仕事よりも好きなんだ。だから、あいつだって来るさ、きっと来る。そう、今にも……。

もう一度、彼は腕時計を見た。さっきよりもう少しだけ、呼吸が荒くなっていた。顔色が悪くなっていた。ドーランと頬紅の下の顔色が。彼はやけに煙草をふかした。ニコチンは焼けたタールの味がした。彼は煙草を捨てた。ステッキを握りしめた。楽屋口のほうを見守った。もう――もうそろそろ現われないと、あいつは衣装を着るひまがなくなるのに！

化粧のほうは何とかなる。あいつの顔は、あいつはまだ若いから、ドーランで塗りたくる必要はそんなにないんだ。あいつは素《す》で出たって、この金ピカのラメの上衣に負けはしないだろう。

彼はちょっと考え、ポケットからハンカチをとり出すと、自分の頬紅のあたりをかるくこすった。もし、相棒が素で出なくてはならないようだったら、彼だけがこんなふうに塗っていては、見た目のバランスから考えたって、どうも……。第一、厚いメークアップはかえって年齢を感じさせる。

いや、そんなことはない。年齢なんか糞くらえだ。芸人に年齢なんかない。芸人は年齢を隠すために厚化粧するわけじゃない。芸人が化粧するのは――ええと、芸人が化粧するのは、ええっと、客たちに夢を見させるためさ、そう、そうなんだ、ところでその夢とは何かてえことになると――。

もう一度、彼はかすかにあえぎ、汗ばんだ生え際《はえぎわ》をそっとハンカチで押さえ、時計を見るのはやめにして、その代りに楽屋口のほうをじっと見守った。ステージの方角から、ふいに、わっと沸き立つようなドラムの摺《す》り打ちが聞こえてきた。トランペットの高音部が聞こえてきた。彼らの出番のひとつ前の出演者の舞台が終ったのだ。だから、そのあいだにでも、そのあいだに、みじかい休憩時間がある。そのあいだに到着してさえくれれば、もちろん大丈夫。まだ大丈夫。

――しかし、彼はそわそわと立ち上がり、楽屋の電話のところへ行った。

だが、電話をかけたからって相棒が出ないことはわかっていた。さっき、もうとっくに電話をかけたのだ。そんなことは今どきの文明社会に生まれた者なら真っ先にやる。そう、この頃の人間は生まれたときから電話のダイアルとテレビのチャンネルをまわすことだけは心得ているのさ。

テレビか……テレビ……うん、あの茶の間の白痴製造機械、茶の間のえせ道徳家製造機械。もちろん、あの機械はあの機械でいろいろと役にも立つし、魅力的だ。でも、コメディの世界では――少なくとも彼の信じるようなコメディの世界では、あれは白痴しか製造しないんだ。

それでも、彼はダイアルをまわした。呼び出しベルはむなしく鳴りつづけて、相棒がアパートにいないことを証明してくれた。

よかった。あたりまえだ。今、この時刻になって、あいつがあそこの受話器をとる筈がない。あいつは今はあのアパートにはいない。あいつは、今、ここへ向かって駈けつけてくる途中なんだ。何か突発事故が起こって、でも、たいした事故ではなくて、それであいつは一所懸命にここの出演時刻に間に合わせようとしているところなんだ。もちろん、それにちがいない。

昨日、打ち合わせた新しい演《だ》し物、今夜からのここの演し物の段どりが、あのヤマ場のジョークの応酬がいつもとは少しばかり毛色が変わっていたからって、あいつが尻ごみする筈がない。昨夜遅くまで稽古し、少しばかりきびしくダメを出したからって、あいつが恨む筈はない。あいつだって芸人なんだから。一人前の芸人なんだから。あいつはおれが頼りにしているたった一人の相棒なんだから。

電話口から離れると、彼は昨夜、相棒に向かってののしった言葉のいくつかをそっと思い返しはじめた。

あんなことを言わなければよかった、と彼はかすかに後悔した。少なくとも、昨夜口にした言葉のなかのいくつかは言わなければよかった、と。あれはまるで、焼け火箸か外科手術のメスを相手の欠点に向けて突きつけるようなものだった、と。

でも、そういうものをたがいにとり交わしてこそ、初めて何かが新しくなれるのだと彼は信じていた。信じていたからこそ、実行したのだ。

馴れあいの甘ったるい思いやりとやらでは、いい芸は育たねえや。いい芸人は、すてきな娯楽は育たねえや。茶の間で、オフィスで、しょっちゅうにこにこ笑っている連中の信奉する〝健康なヒューマニズム〟とやらではね！　そうさ、あの連中ときた日には、面と向かっては本当のことは決して言えないんだ。あの連中は蔭にまわらないと何も言えないんだ。

だが、彼は昨夜、相棒に面と向かって本当のことを言ってしまったのだ。だから、もしかすると、相棒はこれっきり、もう二度と彼とは……。

いや、そんなことはない。相棒のやつ、最近、女ができたんだ。今度のは真剣だと公言していた。正式に夫婦になるつもりだと。相棒のやつ、それでこのところ、少々どうかしてるんだ。

「よお、お疲れさん！　お先に！」

出番の終った同業の誰かが彼の横をすり抜けて行こうとした。行こうとして、足を停めた。

「どうしたい？　片割れは？」

彼はちょっと笑って当りさわりのない返事をしようとしたが、相手がなおもしゃべりつづけた。

「まだ来ねえの？　そう言えば、きみんとこ、喧嘩別れするっていう噂じゃないの？」

「――――？」

「何でも、昨夜《ゆうべ》、ひどい喧嘩やらかしたんだってなあ？　本番そこのけでひっぱたき合ったって？　本当かい？」

「――――」

「すげえ評判になってるよ。芸熱心もいいが、まあ、程々にしてやんなよ。それじゃ、あたしはこれでお先に。お疲れさん！」

「お疲れさん」

彼は帰って行く同業者の背中を見守り、それが昔、初めてアメリカ旅行をしたときの話をとくいげにしゃべりまくった一人であることを思い出した。

『ハリウッドでねえ、バッブ・ハップがねえ……』

〝バッブ・ハップ〟とは何のことなのか、彼にはどうしてもわからなかった。

それがボブ・ホープのことだとわかるまでにはしばらくの月日を要したものだ。

――それにしても、どうして、相棒のやつ、電話連絡ぐらいしてこないんだろう？

交通事故で意識不明になっているのでは？

いや、もしかして昨夜の件でやけになって自殺でも図ったのでは？　そんなばかな！

しかし、あいつにはもともと、ちょっとばかなところがあるんだ。あいつだけではなくて、おれたちにはみんな、そういうところがあるんだ。ひとつもそういうところがなくて、利口にスマートにこの世を渡って行く人間なら、いい年齢《とし》をしてステッキで頭のなぐりっこなんかしていやしないさ。

「——さん！　電話ですよ！」

はじかれたように彼は立ち上がった。

「電話ですよ、何とか病院からだって」

「病院？」

ふいに、彼は小さくふるえはじめた。取り次いでくれた楽屋番を突きとばすようにして、受話器にしがみついた。

相棒の声は電話線のはるか遠くから、かぼそく、頼りなく伝わってきた。

「もしもし、す、すみません、そのう、じつは、そのう……車に……そのう……」

「おい、どうしたんだ！　車にどうしたんだ！」

「あのう、たいした怪我じゃないんです、そ、それで、一応、ここで……」

「だ、大丈夫か？　生命《いのち》に別状ないのか！」

「ええ、大丈夫なんです……」

相棒の声はますますかぼそく、はかなげなものになって行った。彼は必死に受話器を握りしめ、そのぶんだけ声を振りしぼった。まるで、そうでもしないことには、相棒が神隠しにあってどこか彼の手の届かないところへ奪い去られてしまうとでもいうように。

「おい！　どこの病院だ？　あとですぐに行ってやる！　ここが終ったらすぐに行ってやるからな……いや、ここは大丈夫だ、おれ一人で大丈夫だ、ああ、心配するなって……ああ、いいとも、ああ……いいから安心してゆっくり休んでろ、ああ、わかった……よし、わかった……いいから、まかせとけって……」

昨夜、あんなふうにどなりつけなければよかったと、彼はもう一度、心の奥でかすかに悔いた。相棒は気が小さいから、やっぱり、ずいぶんこたえたんだ。芸のためだからって、もう少し言いかたもあったじゃないか。大の男が自動車にぶつかって入院するほどのショックを与えちまったんだ。まったく、おれっていう男は……。

「ああ、ああ、大丈夫だよ、おれ一人で何とかやれるよ、おまえは安心して……」

もうしばらくのあいだ、彼はそんなふうなことをくり返しくり返し電話口でしゃべっていた。

それから電話を切り、もうそれ以上はどうすることもできぬぎりぎりの切実な大問題となって迫ってきた出演時刻に合わせて、急遽《きゅうきょ》、演し物の段どりを頭のなかで変更しながら舞台のほうへと走った。必死で走った。汗がカラーのまわりににじみ出し、果たしてうまく一人でオチがつけられるだろうかと不安だった。たいそう不安だった。

——イントロの音楽が鳴って客席が仄暗くなり、カーテンがさっと二つに割れ、そして彼がどんなに疲れていようが打ちのめされていようが、なぜかそのたびに胸ときめかさずにはいられないあの一瞬、登場の一瞬がおとずれると、彼は銀色のライトのまんなかへと一歩大きく踏み出し、持ち前のよく鍛えられた、したたかな声とゼスチュアとでステッキを振り振り、ややオーヴァ気味に愛想よく呼びかけた。そのときだって、まだ、少しは不安だった。

「満場の紳士淑女の皆さん、今夜はようくいらっしゃいました！　さあてと、今夜はじつはおれ一人なんだ、一人でいつもの百倍笑わせちゃうからな……！」

2

病院はどこの病院も同じだった。クレゾールと死の匂いがした（と、三文作家なら書くだろうなと彼は思った。しかしながら、〝死の匂い〟とはどういう匂いなのかね？　そこんところをはっきりしてもらいたいね）。

クレゾールの匂いだけは、たしかに匂った。それに混じって、ほんのかすかながらとてもいい匂いがした。それは彼がミュージック・ホールの終演ののち、その辺を駈けずりまわって買い求めてきた花束の放つ匂いなのだった。薔薇《ばら》とカーネーションとガーベラと、そのほか、何やら彼には名前もわからぬ白い小さな花々。

『派手なのにしてくれよ』

と、彼は花屋に言ったのだった。まだ店を開けているのをようやく見つけた、その花屋に。

『派手で明るいのがいいや、おれはそういうのが好きなんだ。病院なんてところは気のめいるところなんだろ？　だから、うんと華やかで明るいのにしてくれ。でなきゃ、花なんか持って行く意味がない』

病院の廊下を、花束を抱え、重い衣装鞄を提げて彼は歩いた。じつは花束なんかよりも何かもっとほかのものを自分は買っていなくちゃならなかったんじゃないのかと、ふと気がついた。そう、たしかにそうだ、何かもっと重要な買い物があった筈なんだ。

それが何だったのか、少しも思い出せない。まあ、いい。とにかく、花だ。今は花束だ。相棒の容態のほうが重要なんだ。あいつに万一のことでもあったら——もし、あいつがこのまま、再起不能などということになったら——いや、それほどでなくとも、しばらく入院ということになったりしたら——。

どちらにもせよ、しばらくは不自由を忍ばなくてはなるまい、と彼は心を決めた。もちろん、それでもかまわない。相棒に万一のことさえなければ、しばらくの不自由を忍ぶくらいはちっともかまわない。

だって、なぜかと言うと、彼の演じているコメディなどは人間一人の生命にくらべたら三文の値打もないからだ。少なくとも、彼自身はそう考えているからだ。

そう、彼はいつだって、自分のしているもののことをそういうふうにしか考えられないのだ。そして、その一方で、自分のしていることは全世界に太陽を与えているのだというような、漠然とした、だが痛いくらいにいとおしい想いがあることも事実なのだった。その想いがなかったら、誰が生きて行けるものか……。

若い看護婦とすれちがった。

「あら……!」

というような低い声を発して、眼を丸くして彼の顔を見上げて、それでもおのれの職務は忘れずに看護婦は早足で歩み去った。看護婦の手にしていた盆の上には、何やらどろりとした苺《いちご》ジャムの一すくいみたいなものが載っていた。

彼は吐きそうになり、あわてて口を引き結んで角を曲った。左右に並んだドアの上の番号と名前とをいちいちたしかめながら、夜ふけの救急病院の廊下を彼はたどった。

受付で教えられた番号のドアの前に立ったとき、彼は大きく息をついていた。疲れていないとは言えなかった（そんなこと、誰が言うもんかね！）。今夜の一人の舞台をどうにか無事に切り抜けた疲れだけでも、もはやどうにもたまらなく酒が呑《の》みたくなる頃合いだった。しかし、まだ、そうはいかない。病室へ酒気をおびて入って行くわけにはいかない。

ドアの前で少しのあいだ彼はためらい、呼吸をととのえ、そして、なかへ入ったら、まず、何と言おうかと思案した。

ああ、もし、相棒が血のにじんだ繃帯《ほうたい》だらけで寝かされてなんかいたりしたら！　そうしたら、彼は何と言えばいいのだろう？　さっき、相棒は自分で電話をかけてきたくらいだから、それほどの重傷とは思えないが、でも、あのあと、どっと容態が悪くなっていたりなんかしたら？

思い切って、彼はドアをノックした。足は薄い、つめたい氷の上を踏んでいた。いや、足だけではなく、全身がだった。

「――はい？」

という間の抜けた返事があって、ドアが開いた。相棒の顔が覗いた。まともに彼の顔と見合った。

「あれ……！」

彼は絶句し、まじまじと相棒を眺め上げ、眺め下ろした。血のにじんだ繃帯だらけどころか、どこにもかすり傷ひとつなく、ごく普通のシャツとジーンズをつけて相棒はそこに立っていた。

「お、おい、おまえは事故にあったんじゃなかったのか！」

今度は相棒が眼をぱちくりさせて、彼を見返した。

「え？　ぼくが？」

「おまえ、車にはねられたんじゃなかったのか？」

「あ、ああ、いいえ、ちがいます、ぼくじゃないんです――」

相棒はすまなさそうに上眼づかいに彼を見た。

「じゃ、誰がはねられたんだ？」

「そのう……」

「はっきり言えったら！」

「彼女――なんです」

「何？」

彼は自分の耳を疑った。

「彼女？」

「ええ」

「彼女って言うと――今度の女のことか？」

「ええ」

「あの女が車にはねられたのか？」

「ええ」

「女が車にはねられたんで、おまえは仕事を休んだのか？」

「ええ、まあ、そういうことに……」

「何が『まあ、そういうことに』だ！」

彼は頭にかっと血がのぼり、手にしていた花束で相手の横っつらをはりとばしそうになって、あやうくこらえた。

「おい、おれはおまえが事故にあって入院したと聞いたんだぞ」

「そ、そんなこと、ぼくは言いませんよ」

「そんなばかな。おまえはたしかに――」

出演直前のあわただしい電話口でのあの会話を彼は思い浮かべてみた。相棒は本当にそうは言わなかったのだろうか？　これはみんな、すべて、彼一人のばかげた思いちがいのせいなのだろうか？　あの電話線の向こうから、かぼそく、頼りなげに聞こえてきた会話の責任は相棒にはなくて、すべて彼一人にあるというわけなのか？　つまり、またしても彼は失敗をやらかしたというわけなのか、またしても。

「――わかったよ」

と、ややあって彼は言った。衣装鞄を下に置き、ハンカチで額の汗を拭った。

「わかったよ。おれが早トチリしたんだ」

もう一度、額をこする彼の様子を、相棒はなかば当惑したように、なかばうしろめたそうに黙ってみつめていた。そう、もちろん、相棒は肝心の点をわざとあいまいにしゃべったのだ……。

「まあ、いいさ、早トチリしたおれが悪いんだ」

彼は一息ついて、つづけた。

「しかしだね、だからっておまえが仕事を休んだ言い訳になるのかね？」

「――」

「おまえが病院にかつぎこまれたのなら仕方ないとしても、い、いったい、女が入院したからっていちいち仕事をすっぽかされちゃたまらないね。え、そうだろう？」

「――」

相棒はうつむいた。自分が悪いことは、重々わかっているのだ。

「おい――」

彼はそっと相棒の背後に目くばせした。

「重傷なのか？」

「い、いいえ、それほどでもないんです。でも、当分、寝たきりです」

「どこをやられたんだ？」

「足です。それと、ここんところを少し……」

肩だか二の腕だかのあたりを相棒はもじもじと撫でるような身ぶりをした。

「それじゃ、たいした怪我じゃないじゃないか」

「だから、電話でそういうふうに言ったんだけれど――」

「お、おい、おまえはいったい、アマチュアなのか、それともプロの芸人なのかよ？　たかが女が入院したくらいで、いちいち仕事を――」

「しッ！　お願いですからここで大きな声を出さないでください」

彼は黙った。こんなところで大声を出してしまったことを恥ずかしいと思った。が、同時に、自分の今の気持はこの病院じゅうの入院患者を叩き起こしたってかまわないくらいのものであることもわかっていた。

「お、お願いです。ぼくだって重々、悪いと思ってるんです。でも、でも、どうにも仕方がなかったんです」

「何が『仕方がなかったんです』だ」

吐き出すように彼は低く言った。

「くだらねえことで仕事を休みやがって、おかげでこっちは――」

「だ、だから、わけを説明しますから、でも、あの、こ、ここじゃまずいんです。どこか外でちょっと話を聞いてください。どこがいいですか？　どこにしましょうか？」

「どこでもいいや」

もう一度、吐き出すように彼は言った。疲労が急速に押し寄せてきた。

「おれは帰る」

「ねえ、そう言わないで、ちょっとだけ話を聞いてくださいよ、お願いしますよ、お願いしますから……」

「それじゃ、まあ……」

結局、彼は折れた。本当は花束を相手の顔に叩きつけ、

『明日からおまえとのコンビは解散だ！』

とどなって、ドアをぴしゃりと閉め、足音荒く廊下を歩き出したかったのだが――結局、彼のしたことはそれとはだいぶちがうことだった。

「じゃあ――いつものあの店へ来い」

と、さっきよりももっと低い声で彼は言った。それから、病室のなかに向かってちょっと身ぶりをして、

（大丈夫なのか？）

と気づかう様子なんかも見せてしまった。

「ええ、今、眠りかけてますから。ぼく、あとから、す、すぐに行きます。すみません、先へ行っててください」

ふたたび鞄を持ち上げ、ドアを閉める前に、彼は相棒に花束を渡した。どのみち、彼が持って帰ったところで仕方のない品なのだ。それよりも何かもっとべつのものを彼は今夜

こそ買って帰らなくてはならない筈だった。しかし、その何か別のものとは、いったい、何だったのだろう？　どうしても思い出せない。家を出るときはたしかにおぼえていた筈だったのに、帰るときになると、こうしてどうしても思い出せなくなるのだ。

3

カウンターの一隅におちつくと、彼はようやっとの思いでウイスキーの水割りを言いつけた。

本来ならば今夜は呑まないでまっすぐに帰るつもりだったのだ。今夜こそは。新しい演し物がしっかり固まるまでは相棒ともう何回か稽古をくり返して、そしてそれまでは酒を呑まないつもりでいたのだ。

だが、今夜の突発事件のおかげで、呑むはめになってしまった。こんな思いをしたあとで呑まずにすませることができるほど、彼は結構な人間ではなかった。それどころか、今夜はふだんにまして呑みたかった。浴びるほど呑みたかった。しかし、相棒の話を聞くまでは酔ってしまうわけにはいかない。

彼はグラスを置き、二杯目を頼もうと考えながら、店のなかを見まわした。

真夜中をとっくに過ぎた酒場の内部は、それほど混んではいなかった。それはむしろ、酒場と言うよりは、荒涼とした、仄暗い、静かな空間だった。人々はもう呑んで騒ぐのにも倦《あ》きてしまったとでもいうように、それぞれの席にひっそりとすわりこんでいた。そこのマスターもバーテンダーも彼とは顔馴染みで、彼のひいきと言ってもいいほどの仲だったが、彼が一人でこんなふうに呑みはじめたときには二人ともわざと近づいては来なかった。彼が非常に疲れているか、何か考えごとをしていると承知しているのだ。バーテンダーは彼の前に新しいグラスを置くと、かるく微笑し、すぐに離れて行った。

一番奥のテーブルにいる一団の客たちが、さっきから彼のほうをちらちら盗み見ていた。盗み見ては、しきりとたがいにひそひそささやきかわしていることに彼も気づいていた。

初め、彼は平気だった。顔をじろじろ見られたり、ささやきかわされたりすることには馴れていた。ときにはその相手がくすくす忍び笑いをしたり、大声で彼の芸名を口にしたりしているとわかっても、べつに不愉快ではなかった。それどころか、彼はそのときの気分が好きだと思うことすらたびたびあったのだ。

しかし、今夜のその連中は少しちがうような気がした。グラスを口へ運ぶ合間に、彼はそっと肩越しにもう一度、彼らのほうをうかがって見た。そして、何とはなしに背筋をふるわせた。

仄明かりのなかで、そのテーブルにいる連中の一人の横顔に大きな斜めの傷痕があるのが見えた。もう一人はもっと大きな黒いサングラスをかけていた。もう一人はもっと黒い背広に黒いシャツ、白いネクタイというういでたちで、まるきり葬儀屋のセールスマンのように見えたが、彼らが葬儀屋のセールスマンでもどこのどんなセールスマンでもないことは彼にはよくわかっていた。

——一瞬、彼は全身を硬くし、思い出そうと必死になった。

あんなふうに異様に熱っぽい眼つきで代る代るじっとこっちをみつめられ、ひそひそとささやきかわされているところを見ると、よほどの因縁のある相手にちがいなかった。通り一ぺんの関心からだったら、あんなふうに何度も何度もこっちを盗み見たり、首を集めて何やら慎重に相談し合ったりはしない。よし、たとえどんな因縁をつけてくるにせよ、こっちには何の弱味もないんだ。堂々と受けて立ってやろう……。でも、ああ、ただ、相手がどこの組の連中か思い出せたなら！　どこでどんなかかわり合いを持った連中か思い出せたなら！

自分をおちつかせるために、彼はウイスキーをゆっくり呑もうと努力した。努力に反して、酒はあっという間に咽喉をすべり下りて行ってしまった。

この店にしなければよかったと彼は思った。こんな時間になって、あんな連中の餌食《えじき》にされなくちゃならないなんて！　でも、今からでは相棒に連絡することはできまい。あいつだって、もう、いくら何でも病院を出ているだろう。いやに遅いじゃないか。いったい、あいつは何をしているんだ？　まったく、仕事でさんざんな目にあった上に、夜中の約束までこんなに待たされるなんて！

彼は、今すぐ席を立って逃げ出してしまおうかと考えた。だが、奥のテーブルの一団と自分とのあいだに眼には見えない細い糸が静かにたぐり寄せられつつあるのを感じた。表面を眺めただけでは、まだ何ひとつ起こってはいない。マスターもバーテンダーも他の客たちもまだ何ひとつ気がついてはいない。しかし、彼は自分が監視され、釘づけにされ、金しばりにされつつあることを知っていた。

（ここで、こうして、じっとすわっているんだ。動いちゃいけない……連中をちょっとでも刺激しちゃいけない……）

彼が妙なそぶりを示したが最後、たちまち、連中は連中なりの行動に出るだろう。連中にしかできない行動に出るだろう。今や、空気は一触即発のおもむきを帯び、夜ふけの酒場の灯の下に対峙《たいじ》する一群の無頼《ぶらい》の徒と疲れたるコメディアンとのあいだには静電気に似た緊張と殺気がただよいはじめた……。

と、おそらく、アメリカのペーパーバック・ライターなら書くだろうな、と彼は考えた。サーヴィス満点のペーパーバック・ライターならな。陳腐《ちんぷ》で安手で通俗で、そしてそんなことは屁とも思わずに読者にサーヴィスする、すてきな三文ライターならな。

すると、突然、彼にも持ち前の、あの狂おしいばかりのサーヴィス精神が沸き上がってきて（なぜかと言うと、彼はプロだったから。この道でもう何年も何年も勝負してきたのだったから）、彼は酒場のカウンターで誰よりも最大限に恰好よく見えるポーズをとることに決めた。そう、ほら、西部劇のヒーローたちのとる例のポーズさ。それとも、フランスの暗黒映画《フィルム・ノワール》に出てくる小粋で冷酷なギャングスターたちのとるポーズさ。ジャン・ピエール・メルヴィル！　ロベール・オッセン！　ミシェル・コンスタンタン！……どれにするか？　どうせあの連中にからまれ、凄《すご》まれ、締め上げられるのだったら、せめて恰好ぐらいはアマチュアとはちがうところを見せてやるんだ。この店のマスターやバーテンダーや他の客たちの手前だって、必ずそうしなくちゃ。

——彼は脚を組み、身体を少し斜にかまえて、仄暗い灯の下で両手の指をそっとすり合わせた。愛用の拳銃かカードでもいじるときの殺し屋のように。冷酷な、熟練した殺し屋のように。そして、そうしながら、もう一度、奥のテーブルのほうをちらりと見やった。心臓が大きく高鳴りはじめていた。

（それにしても、いったい、いつ、どこでのひっかかりだろう……？）

今までにおぼえのある、ちょっとしたいざこざのいくつかを彼は必死に思い出そうとしてみた。そのどれもがたいして尾を引くトラブルとも思えなかった。酒場でのおたがい酔ったあまりの些細《ささい》な口論、表へ出ろとか出ないとかの言い争い、芸人のくせに生意気なとか何とか言われて負けずに言い返したり、もっと失敬な態度をとったどこかの若い者《もん》に人間の礼儀というものを教えてやったりしたことはあったが……それだけだ。彼自身もとっくに忘れているような、ごくごく些細なことばかりだ。しかし、彼のほうは些細と思い、忘れ去った事柄でも、先方はそうはいかないのかもしれない。先方は彼とはべつの価値観や倫理観を持っているのかもしれない……。

彼が全身を硬直させ、脚を組み替えたくてうずうずしたとき、ドアが開いて相棒が息せききってとびこんで来た。

「ああ、どうもすみません、遅くなっちゃって、――本当にどうも」

相棒はあやまってばかりいるようだった。せかせかとテーブルの間を縫って、彼の隣のスツールに腰をおろした。奥のテーブルの一団のことなんかぜんぜん眼に入らないらしかった。

「ああ、今日は本当にどうも申し訳ありませんでした、本当に……ぼ、ぼくだってべつに休む気なんかなかったんです、そ、それが……」

「まあ、いいから、まず一杯やれよ」

彼は水割りを注文してやった。これから一しきり、相手の弁解と説明に耳を傾け、自分も一席、訓戒まがいの言葉を言って聞かせてからでなければ酒が呑めないのだと思うと、うんざりした。できるものなら、彼は一言で片づけたかったのだ、『二度とするなよ』と、ただこれだけで。そして、早いところ、うんと呑んで、うんと酔ってしまいたかったのだ。あの奥の席にいる薄気味の悪い連中から受ける圧迫感から解放されるためにも、一刻も早く。

「あのですね、じつはですね……」

相棒は彼の心のなかなんかにはおかまいなく、一所懸命にやり出した。

「ぼく、そんなつもりはぜんぜんなかったんですよ、それなのに、そもそもは彼女が休んでくれと言い出して……」

「何だって？」

「彼女がぼくに、今日は仕事を休んでくれと言い出したんですよ」

「――」

「そのう、昨夜《ゆうべ》、帰るのが遅くなったでしょう？」

「ああ」

「彼女、ずっと待ってたんです。それで、ちょっと喧嘩みたいになっちゃって、仕事だから仕方ないじゃないかって言っても、ちっともわかってくれないんですよ」

「――」

「それで、もし、あたしを愛しているんなら、今日一日くらい仕事を休んでくれてもいいでしょうって言い出したんですよ」

「――」

「あたしと、あんたのコンビのあのひととどっちを好きなのか、どっちが大切なのかって泣いちゃって、もうどうしょうもないんです」

「――」

「そ、それでですね、ぼくはですね、そんなばかなことができるかって言ってですね、振り切って出かけようとしたんですよ」

「――」

「そしたら、ヒステリーを起こしましてね、『死んでやる!』って叫んで自分から外へと飛び出して自動車にぶつかっちゃったんです」

「――」

彼がむっつりと黙ったままでいるので、相棒は余計につらそうだった。さらに急《せ》きこんで懸命にしゃべりつづけた。日頃の舞台で見せるこいつの芸よりだいぶ迫力のあるホンキだぞと、彼は相手の顔を眺めながらぼんやり考えた。

「で、それでですね、ぼくとしてもどうしょうもなくて病院へかつぎこんだんですよ。い、一時は彼女、死ぬかと思って、本当にびっくりして……もう大変な目にあっちまいました」

大変な目にあったのはこっちなんだ、とは彼は言わなかった。月並みな台詞を言って嬉しがるほど素人《とうしろ》じゃない。一息ついて水割りをぐいぐい流しこんでいる相棒の肩越しに、彼はそっと例の連中のほうを見やった。何人かはじっとこちらを見守っていた。彼と視線が合うと、彼らは急いで眼をそらし、またしても首を集めてひそやかな談合にとりかかった。

彼は相棒のほうに向き直った。煙草に火をつけた。もう連中のほうは無視し、相棒をみつめた。

「そうか、それで来られなかったっていうわけか」

「そうなんです、本当にすみません。これからはあいつにもよく言って聞かせますから」

「言ってわかる女かい？」

「――？」

「いや、女に何かをわからせるってのはだね、こいつはひどくむずかしいことなんだよ」

「――」

「女っていうやつはだな、わかっちゃいねえんだよ、男のことなんか、男の生きかたのことなんか、何ひとつわかっちゃいねえんだ」

ごくりとひとつ、唾液《つば》を嚥《の》みこんでから、彼はつづけた。

「おい、おまえはまだ若いから、女がかわいくてたまらない時期かもしれないがね、しかしだね、男は女なんぞに夢中になってちゃいけないんだ。女なんぞにへいこらしてちゃ、ろくな芸人になれないんだぞ」

「――」

「なぜかって言うとだな、そう、つまり、女は今はおまえを好いてるかもしれない、おまえに惚れてるかもしれない。でも、女っていうやつは、じきにころっと変わるんだ」

「いや、ちがいます、今度のはそんなんじゃないんです。今度のは二人とも真剣に……」

「そうじゃないよ、そうじゃないんだ、おまえの女が心変わりすると言ってるんじゃないんだ。おれの言っているのはだね、女っていうやつは、今、男を愛してても、少し経つとそうじゃなくなるっていう意味なんだ。あいつらはね、少し経つと、男じゃなくて、てめえの幸せ、てめえ自身の安泰だけを愛するようになっちまうんだ」

「――」

「女にはだね、男の世界なんかわかりゃしないんだ。男と男がふれ合って、ぶつかり合って、いい仕事をするとか芸を磨いて行くとか、あるいは新しい冒険に、一番、自分を賭けてみるとかいうようなことは、あいつらには何もわかりゃしないんだ。わかるどころか、あいつらはそれをいやがるんだ。そんな危険なこと、そんなばかばかしいこと、おやめなさいよ、とこう来るんだ」

「――」

今度は相棒が不服そうに黙りこむ番だった。黙りこみながら、相棒はときおり、うつろな眼つきでちらりとドアのほうを見やった。きっと、彼のお説教なんかいい加減にやめてもらって、彼女のところへとんで帰りたかったのかもしれない。彼女の枕元にすわりこんで、子守歌でも唄ってやりたかったのかもしれない。

4

かまわず、彼はつづけた。今夜初めて、ノッて来たのだ。ようやく、自分が一番しゃべりたいことをしゃべれる時間が来たのだ。

「なあ、おい、いいか、女なんかに縛られるなよ、女なんかに腑抜《ふぬ》けにされるなよ、なあ、おい？　おれたちは芸人じゃないか、お笑いの芸人じゃないか。おれたちはサラリーマンじゃないんだ、役人でも牧師でも銀行員でも学校の先生でもないんだ。おれたちは自由なんだ、自由に生きて、うんと冒険するんだ。それでなくってどうして出演料《ギャラ》がもらえるんだい？　芸人が役人や銀行員や商社マンと同じように世の中を計算して、月給や恩給や退職金を計算して、一生、安泰に暮らして行こうなんてことばかり考えていたとしたら、いったい、誰がおれたちに拍手してくれるんだい？　誰がおれたちの芸に笑ってくれるんだい？」

「――――」

「頼むから、女なんかに腰抜けにされるなよ。女なんかの言うなりにされる男になるなよ。女房だの子供だのなんかの顔色ばっかりうかがう芸人になるなよ」

「――」

「そりゃ、女はかわいいだろうさ、女房子供はかわいいものだろうさ。だからって、男があいつらの風下に立つことはないんだ、まったくないんだ。女房や子供が文句を言ったらだな、おまえらはおれの芸のおかげで喰ってるんだ、がたがた言うなとどなりつけてやればいいんだよ」

「――」

「おまえの女にだってだなあ、一言、そう言ってやればいいんだよ、がたがた言ったら、一発、横っつらを張りとばして、こうどなってやるんだ、『偉そうにすんな！　主人はおれだ、男なんだ！　いやなら出て行け！』と」

「そ、そんなこと言ったってですね……」

　相棒は不服そうに唇をとがらせた。

「今どきの女はそんなことを言ったら、たちまちヒステリーを起こして本当に出て行っちまいますよ」

「出て行っちまったっていいじゃないか。女なんか、世間にゃ掃いて捨てるほどいらあ」

「そ、それがいざとなると、そうはいかないですよ。一時の浮気ならともかく、本気でいっしょになろうと思う女となると、そうはいないですよ」

「おまえ、彼女と本気でいっしょになるのか？」

「そう思ってるんです。あいつはあれでなかなかいい女なんですよ。そ、そのことでですねえ……」

相棒はそわそわとポケットをさぐり、何やら新聞の記事の切り抜きみたいなものをとり出して、彼に示した。

「ねえ、こ、これ、読んでください、ひどいんですよ」

「何だ、それは？」

「〈夕刊——〉に書かれたんです、ぼ、ぼくと彼女のことを。『芸能人はセックスにルーズだ』って。次から次へと女を漁《あさ》ってだらしがないってなことが書いてあるんですよ。ちぇッ、あいつら、真相もたしかめねえで！」

彼はその切り抜きをちょっと手にとったが、すぐに相棒に返した。

「ね、ねえ、ひどいじゃありませんか、ぼくだって今度は真剣に考えてるんですよ、ぼくは独身だし、今までの女だって、みんな納得ずくなんですよ。いろんな事情もあったんですよ。それで、今度のやつとはおたがいにちゃんとやって行こうと約束したのに、ちゃんと結婚して子供もつくろうと約束してるのに——それなのに、ひ、ひどいですよ。当人の話を聞きにも来ねえで、当てずっぽうでこんな嘘っぱち書くなんて！」

相棒は涙声になっていた。しんからくやしいらしく、切り抜きを持つ手がテーブルの上でこまかくふるえた。

ちょっとのあいだ、彼は相棒の顔をみつめていた。その、彼よりはだいぶ若々しい、彼よりは才気も経験も度胸もだいぶ劣る、だが、彼よりはだいぶ端整でととのった、女好きのする、気の弱そうな顔をみつめていた。

「ほっとくんだ」

と、少しして彼は言った。手をのばして、切り抜きを相棒からひったくった。てのひらで小さく丸めた。

「ほっとくんだ。こんなもの、相手にするな」

「――――」

「こんなものを書くやつはな、頭ンなかはからっぽなんだ。蚊とんぼの頭ぐらいの脳味噌しか詰まってないんだ。からっぽ頭に芸人のことが、男のことがわかってたまるかい。な、おい、そうだろう?」

「――――」

「こんなものを相手にするだけ、おまえが下落するんだ。こんなものを相手にしているひまがあったら、稽古でもするんだ。レ、レイモンド・チャンドラーでも読むんだ。こいつらな、チャンドラーなんか一冊も読んだことがないくせして、こんな記事をとくとくと書いて、何やら道学者になったみたいな気になってるんだろうが、こんな死んだみてえなやなあ、おれたちは関係ないんだ。歯牙《しが》にもかけず、知らん顔して通れ。なあ、こっちゃあちゃあんと生きてるんだ」

「――」

「なあ、おい、そうだろう？　世の中のたいていのやつらァ死人よ。生きながら死人よ。つまらねえものにがんじがらめにされて、そこから一歩も自由になれずにうじうじ生きてやがるのよ。だから、のびのび生きてるやつを見ると、ひがんでいっちょ文句つけたくなるのさ。それがおおかたの道徳とやらいうものよ。そんなものよりも、なあ、おれたちにはおれたちの大切なものがもっとほかにあるじゃないか、いくらもあるじゃないか」

何杯目かのグラスを彼は干した。今夜はもうやめよう。でないと、明日の仕事にさしつかえる。これをもう一杯呑んだら、やめよう、本当にやめよう……。

「おれたちはもっとほかのことを考えなくちゃいけないんだよ、ギャグのことを、お笑いのことを、すてきな新しいギャグやお笑いのことをだよ。考えたって考えたって足りないよ。すてきな新しいギャグを考え出すってのは大変なことなんだよ、大変だけどすばらしいよ、他人様《ひとさま》の生きかたに訓戒垂れる三文新聞の記者よりはずっとすばらしいよ。舞台でナマの客を笑わせるのはすばらしいよ、すばらしくて、容易なこっちゃないよ。ナマの茶の間から一歩も出ねえでテレビにかじりついてるセコな人間を笑わせるのとはちがうんだよ。あの言葉をしゃべっちゃいけねえ、この言葉をしゃべっちゃいけねえなんて命令されて、へい、左様でございますかと骨抜きにされて、主婦《おつかあ》だの子供《じやり》だのの御機嫌をとり結ぶのとは、はばかりながらこちとらァわけがちがうんだ。女子供に芸の何がわかるかい！　あいつらは男にとりついて、いいお父ちゃんになってちょうだい、御清潔な牧師さんみたいになってちょうだいとわめくだけなんだ。あいつらも、あいつらにへいこらする男どもも、何もわかっちゃいねえんだ。あいつらは死んでるんだ、無事安泰な御清潔なお道徳のなかで生きたまんま死んでるんだ……」

彼はもう少し――もうほんの少し、しゃべりつづけていたかったし、とてもいい気分になってきたし、疲れもどこかへ消え去ったようだったし、本当にもう少しのあいだ、こうしていたかったのだが、相棒が腕時計ばかり覗くようになったので、打ち切ることにした。

宵の口、自分も腕時計ばっかり覗いていたことを、彼はぼんやりと思い出した。あれはいやな気分だった。あれはいやなものだ。相棒だってあんな気分にしていいということはない……。

「帰っていいよ」

とおだやかな声で彼は言った。とてもおだやかな声だった。

「明日からは遅れないで来てくれよな」

嬉しそうに席を立った相棒に、彼は、

「彼女、大丈夫かい？」

とも訊ねてやった。相棒は大丈夫ですと答えた。花をありがとうと言ってましたよ、あなたはいい人だって。それじゃお疲れさんでした、どうもごちそうさん、お休みなさい。

相棒が出て行くのを彼は煙草をくわえたまま見送っていた。それから、自分も立ち上がり、勘定を頼もうとした。

奥のテーブルで、かすかな動きとざわめきがあった。連中は一部始終をずっと見守っていたのだ。

彼は煙草をもみ消した。カウンターに両手を置き直し、じっと全身を硬直させて相手の出かたを待った。下手に動いたらどうなるか、彼にはわかっていた。暗黒街の連中のことなら――暗黒街の約束事や定まり文句のことなら、よくわかっているとも。暗がりに生きる男たちのことなら、ようく。

黒い服を着た男の一人がすっと立ち上がって、彼のそばへ寄ってきた。押し殺したかすれ声でささやいた。

「おい、あんさん」

「――」

「あんさん、失礼やけどなあ……」

「？」

「あんさん、今夜、〈ミュジック〉で一人で出てはった人とちがうか？　あのステッキのお笑いやってはった？」

「——だったら、どうなんだ？」

とどろく胸を抑えて彼が振り返ると、黒い服の男はふいに満面をほころばせ、奥のテーブルのほうを向いて大声で呼びかけた。

「おい、やっぱり本物《ほんもん》やで！　おまえら、こっちィ来てよく見てみい！」

言うた通りやで！　あのお笑いのおっさんや！　人ちがいやないで！　わいの

そして男はふたたび彼のほうに向き直り、相変わらず顔じゅうをにこにこさせながらつづけた。

「そうかいな、やっぱりあのおっさんかいな。いやあ、わいらなあ、今夜初めてあこへ行ったんや。そいで、あんさんを見てなあ、おなか抱えて笑わせてもろて、帰りにここへ来て呑んどったら、あんさんが入って来はったよってなあ、さっきからあっちゃで、ありゃ本物や、いや人ちがいや言うてもめてたんでっせえ、賭けたろか言うてな。いやあ、やっぱり本物やった。おかげでわいは賭けに勝ちましてんがな……どや、わいらのテーブルで一杯つき合わへんか？　なあ、あんさん、あんた、おもろいわ、あんさんみたいにおもろい人、わいら見たことないでんがなあ……」

灰色の霧の流れる夜明けに、重い衣装鞄を提げ、ほんの少し足を引きずりながら彼は自分のアパートに帰ってきた。

玄関の電灯の電球が切れていた。仄暗いなかで彼は靴をぬぎはじめた。部屋は、ミルクと寝息と猫の小便の匂いの混じりあった、かすかな、甘い、あたたかな匂いがした。

「パパァ？　パパなの？」

眠そうな細君の声が聞こえてきた。

「うん、ただいま」

と彼は答えた。衣装鞄を運び上げた。

「今夜も遅いのねえ」

と、眠そうな声が言った。

「また呑んできたんでしょう？」

「ああ、ごめんよ」

「坊やが起きるから静かにしてよ、静かに」

「ああ、ごめん」

「パパ、電球買ってきてくれた？」

「あ、忘れた」

「買ってきてくれるって言ったじゃないの。玄関のが切れっぱなしだって何度言ったらわかるのよ?」

「ごめん」

「おなか、すいてるの?」

「いや、それほどでもない」

「何か欲しかったら、冷蔵庫さがしてよ」

「うん」

「あ、そうだ、ついでにそこのごみ、外へ出しといてくれる?」

「この流しの横にあるやつかい?」

「そうなの。あたし、つい、忘れちゃった。お願い、パパ、出しといてくれる?」

「ああ、いいよ」

「パパァ?」

「何?」

「今日は忙しかったの?」

「いや、それほどでもなかったよ」

もう一度、彼は靴をはいた。ごみの詰まった紙袋を抱え上げた。ふと、ポケットをさぐった。くしゃくしゃに丸めた紙きれが出てきた。さっき、相棒からとり上げた切り抜きだった。

一瞬、彼はそれをみつめていた。仄暗い玄関と、その向こうの仄暗い茶の間をみつめていた。その向こうのもっと仄暗いどこかをみつめていた。

それから、誰に向かってともつかず、口のなかで小さく、

（糞！）

とつぶやくと、切り抜きをごみ袋のなかに捨てた。そして、アパートの階段を下りて行った。

日曜日

連城三紀彦

連城三紀彦《れんじようみきひこ》（1948〜）

愛知県生まれ。早稲田大学政経学部卒業。在学中にパリ留学。大映入社後、78年『変調二人羽織』で第3回幻影城新人賞を受賞し、作家デビュー。81年「戻り川心中」で第34回日本推理作家協会短篇賞、84年『宵待草夜情』で第5回吉川英治文学新人賞、『恋文』で第91回直木賞、96年『隠れ菊』で第9回柴田錬三郎賞受賞。

「遠い所へ旅しよう」

という話が、いつの間にか、

「遊園地にいこう」

に変わっていた。

もう深夜の一時をまわっている。夜明け近くまでネオンの賑わしいこの周辺では、それでもまだ宵《よい》の口だろうが、今、店にはもう浦上以外客は誰もいないので、いかにも夜が更けたといった感じがする。浦上は九時頃には来たのだが、それから今までに客の出入りは数えるほどしかなかった。

一昨年まで、浦上がもっと羽振りが良くて毎晩のように顔を出していた頃は、狭い店に溢《あふ》れるほどの客がいたものだが、バーテンと客の間にちょっとした刃傷沙汰が起こったせいか、こういった小さな店からまず不景気は薙《な》ぎ倒していくのか、その後二年のうちにすっかり寂《さ》びれたようである。二年ぶりに来てみると、店の女も仲子《なかこ》一人になっていて、月末には店を畳む話も出ているらしく、昔は矢鱈《やたら》愛想よく目尻に皺《しわ》を寄せていたママも、どこか険のある顔に変わっていて、客が一人になると同時に、仲子に鍵を預け、さっさと帰っていった。

ただ仲子だけは、

「店仕舞《みせじまい》といっても私には関係ないのよ。郷里《くに》で結婚の話がまとまってね。どのみち今月中には店やめることになっているから」

私の方はなんとか三十五になる前に店仕舞できたわと、そんな冗談を言いながら、二年ぶりの浦上を気持ちいい微笑で迎えてくれた。「結婚するんなら、その前に二人でどっか旅行しようか」

「いいな、それ。行くなら思いきり遠くへ行きたいけど」「そう、ものすごい遠い所がいい」確かそんな風に話は始まったのだった。

それが二、三時間世間話をしているうちに「遊園地」に変わってしまっている。

「遊園地か……そう言えば東京へ出てきて十年になるけど私、後楽園一度も行ったことない」

「………」

「どうしたのよ」

「いや、どうして遊園地に行く話になったのかなって……」

「いやだな。ジェット・コースターに乗りたいって言ったの浦さんの方よ」

「そうだったかな……」

巧《うま》く思い出せなかった。格別酔っていたわけでもないが、頭の中に誘蛾灯《ゆうがとう》のような白い冷《さ》めた光があって、喋《しゃべ》りながらも意識がその光に誘われている。いけないと思いながらも、意識は実際、蛾の羽のような小さな黒い破片となって吸い寄せられ、ぶつかり死滅したように消えてしまう。今朝、冷蔵庫の隅に腐りかけた林檎《りんご》を見つけて皮をむこうと庖丁をとった。その庖丁の刃先がいつの間にか手首にあたっている。そう気づいた時から、ずっとその光は頭に染みついてしまっていた。結局、そんな遠い所へ行けはしないさ、彼自身がそう答えて旅行の話を自分からやめてしまったのだと、仲子は言った。下の歯の一本が反り返っている。それを隠すために口をすぼめて笑う癖は二年前と少しも変わっていない。

言われて見れば、かすかにそう口にした記憶はある。今の全部を忘れてしまえるようなそんな遠い所は死以外にありはしない——本当はそう言いたかったのだろう。

「商売繁盛もいいけど、自分の言った事も忘れちゃうなんて疲れすぎじゃない?」

仲子はそう言って、酔っているのか、少しふらついた指で、浦上の頰をつついた。

「疲れてるのよ。浦さん、疲れると頰の肉落ちてえくぼできるね。子供みたいな顔になるからすぐわかるのよ」

二年前までしばしば通いながらも、仲子とは特別な関係があったわけではない。他の客の合い間に、世間話をしただけだったが、太り気味で顔にも体にも丸味があるのと、言葉尻に今でも田舎臭い訛《なまり》をひきずるのに、気安さがあって、肩肘《かたひじ》を張りすぎて疲れた時など、ふっとその素朴な丸味に包みこまれるような気がする。小さな目を大きく見せようとアイラインを精いっぱい太くひいているところは狸《たぬき》で、とても美人とはいえないから、真綿や羽根の布団ではないが、安い綿でも陽干しがよく効いていて、束の間でも安らぎを与えてくれる。通わないなら通わないで忘れてしまうほどの小さな安らぎだが、今朝、死のうと考えた時、ふとその田舎訛や狸の目を思いだしたのだった。あの女なら、倒産の話も気楽に聞いてくれそうな気がした。先月とうとう不渡り手形を出して、二十七歳から十四年、やっと従業員三十人を抱えるほどになった印刷工場を潰《つぶ》してから、浦上がいちばん辛いのは、妻の厭味《いやみ》まじりの愚痴を聞くことでもなければ、債権者の執拗な催促でもなく、親戚や友人や近隣の人たちまでが、彼の顔を見ると深刻そうに表情を強《こわ》ばらせることだった。同情からにしろ、自分まで巻き添えにされるのではないかという不安からにしろ、皆の暗い顔を見ていると、それは何より自分の表情にごまかせない暗い翳《かげ》がしみついてしまっているせいだろうと思え、一層暗澹《あんたん》たる気持ちになってしまう。仲子という名を何とか憶えていた程度だが、ふとあの女なら倒産のことを聞いても、軽く聞き流してくれそうな気がしたのだった。

だが、結局、仲子にも真実は言えなかった。

「たまには顔出してくれてもよかったんじゃない？　浦さん来るの、私何となく楽しみにしてたとこあったのよ」

笑顔でそう言われると、「いや、仕事が忙しすぎてさ」と答えて自分も笑顔を作る他なかった。笑顔には、死を考えるまで追いつめられながらまだ見栄を張っている自分への自嘲が混ざっていたと思う。確かその後に仲子が「でもよかった。東京を離れる前にもう一度逢《あ》えて」そう言って郷里で結婚が決まった話をしたのだった。

「そうか、そんな事を言ったのか」

「そんな事って？」

「遠い所へ行けやしないってさ……」

「そうよ。笑いながらそう言ったじゃない」

残暑はまだ厳しいが、夜も更けてくるとさすがにひんやりとしたものが膚《はだ》を宥《なだ》めてくれる。古い換気扇が油くさい音をたてていた。勢いよく回っていながら、音はどこか擦りきれている。

遠い所へ行ってしまいたい気は、まだしている。最近は毎晩のように夢の中で、知らない街や海岸を彷徨《さまよ》い、汽笛や霧笛の音に苦しめられている。だが本当に行きたいのは、夢よりも遠い場所であり、そんな遠すぎる場所へなど行けはしないことは、行きたいという気持ち以上にはっきりと意識している。まだ五十万ほど残っている貯金をおろして、従業員や債権者に一円でも多く渡そうという彼の言葉が気にいらなかったのか、妻は通帳と印鑑をもって一昨日から実家へ戻っているし、今の財産はポケットの中の皺になった一万円札一枚だけである。金はなくなったが、倒産以後小さく縮んでしまったような心臓に黴《かび》のようにこびりついて、何とか最後まで頑張り通して従業員や債権者の損害を最小限度にとどめなければいけないという、面子《メンツ》とも良心ともつかぬものが残っていた。

横を見ると、仲子も浦上につきあうようにぼんやりしている。遠い視線が、換気扇の渦に吸いこまれていた。家へ戻る気はしなかった。このまま、この女の所へ行って朝まで一緒にいたい気がした。抱かなくてもいい。ただこの女の丸味のある膚に自分の膚をすり寄せていれば、白い誘蛾灯にひきずりこまれていくような今の不安を忘れていられそうな気がしたのだった。

浦上は煙草に火を点《つ》けた。どうやって誘いの言葉をかけるか、考える時間を稼ぐためだったが、煙と一緒に吐きだした声は、

「ほんとに、遊園地、行こうか……」

そんな呟《つぶや》きに変わっていた。

浦上の方でも、遊園地などもうずっと足を踏みいれてない。子供でもいれば別だろうが、結婚二十年経って、とうとう子供はできずに終わってしまったし、最後に行ったのが

幼い頃のいつだったかも思い出せなかった。

考えてみると、遊園地というのも、今の浦上には遠すぎる場所であった。

約束した十二時より十分近く遅れて、仲子は現われた。丈の短めの白いスラックスに透けるほど薄い地のシャツを着ている。地色は灰色でおとなしいが、胸もとに大きなピンクの薔薇《ばら》が咲いていた。どんな服装をしてきたらいいかわからずに簞笥《たんす》をひっくり返していたのが遅れた理由だと言ったし、化粧もしていないのだが、どこかに夜の匂いが染みついていて、一目で水商売の女とわかる。化粧焼けというのか、膚が黒ずんでいて素顔までがもう昼の陽ざしを受けつけない感じがした。

だが、自分では結構周囲と調和していると思っているのか、仲子は、はしゃいだ声を出すと、やはり映画にでも行った方がいいのではないかとためらっている浦上の腕を引っ張って入場券売り場へと連れていった。

場にそぐわないのは浦上も同じで、昨夜と同じよれよれの上着のポケットには、昨夜の酒代の残りしか入っていない。入場券を二人分買い、最初に目についたティー・カップに乗ると、六枚の紙幣は瞬《また》く間に半分に減った。食事時である。誘われたら、自分はもう食べたと嘘を言い、仲子一人に食べさせるつもりだったが、仲子は、紙袋の中からサンドイッチをとりだし、「作ってみたけど、不器用だから巧くいかなかったわ」と言った。

日陰のベンチを探し、二人で食べた。

暦は秋に入っているが、残暑はまだ厳しく、陽は遊園地いっぱいに当たっている。日陰にいても汗かきの仲子はしきりにハンカチを使っていたが、それでも夏は盛りをすぎた衰えのようなものが感じられないでもない。日曜日だというのに客が少なく殺風景にみえるせいだろうか。夏休みの間は連日家族連れが押し寄せただろうが、今は夏休みから零《こぼ》れ落ちたらしい家族連れが点在しているだけである。ひと夏の祭りが終わって、遊園地は疲れた素顔を見せている。

「美味《うま》いよ」

太陽だけでなく、浦上の目もやたら、遊園地の夢の装いを残酷に剝《は》ぎとって、あちこちに落ちているゴミや乗り物の傷ばかりを拾ってしまう。景気づけのために、声を明るく作って浦上は言った。形は不揃《ふぞろ》いだが、確かに味は悪くない。芥子《からし》が効きすぎているが、夏の乾いた舌には、ちょうどいい刺激だった。

「無理しなくてもいいわよ」

「いや、本当に美味い」

「………」

「美味いよ」

「何度も言われたら余計嘘になるわ」

「本当だよ。……いい奥さんになれそうだな。相手はどんな男？」

仲子はサンドイッチを口にはさんだまま、目だけでちょっと笑い、首を振った。照れているのかと思って、「いや言いたくないならいいけど」浦上が目だけで笑い返すと、

「言い様がないのよ。まだ二度会っただけだから」

笑ったままだが言葉は投げやりだった。

「月収三十万。貯金が二百万円ちょっとと家以外の土地が時価で二千六百万……」

「金だけで生きてる男なのか」

「そうでもないだろうけど。私が東京でこういう商売やってること知っててそれでもいいって言ってくれてるらしいから……案外優しい人かもしれないわ。でもどんな人かって関係ないのよ。金のことだけだから、最終的に申しこみ承諾したのは……」

市役所の土木課に勤める四十二歳の男で、先妻との間に七歳になる子供があるという。先妻とは死別か生き別れなのかも知らないと仲子は言った。

「金は大事だよ。それに最初はどんな理由からだったにしろ結婚して幸福になることはできるよ」

「浦さんは？　もう奥さんとは二十年近いんじゃなかった？」

「まあ、幸福な部類だろうね」

浦上は嘘を言った。浦上と妻とは恋愛結婚である。両親の反対を押しきっての結婚だっ

たから、それなりに燃えた時代もあったのだろうが、二十年が経ち、夫の一番困っている時に妻は腐りかけた林檎一つを冷蔵庫に残して出ていったのだ。そんな関係が幸福である筈はないのだが、仲子の顔を見ると、ごく自然にそんな嘘が口をついた。いや、顔は笑っているのだが、投げやりな口調を聞いていると、どうも今度の結婚を決めたのには、何か辛い理由《わけ》でもあるらしい。

浦上の、探るようになった目が煙たかったのか、仲子は「暑いわねえ」と大袈裟《おおげさ》に言って額の汗を拭いながら、「あ、忘れてた。遊園地じゃ売ってないと思ったから」缶ビールをとりだした。

生温《なまぬる》く、泡ばかりになったビールだが、その泡が渇ききった喉《のど》を潤《うるお》し、それと一緒に何故仲子が投げやりな言い方をしたか、その理由を知りたがっている気持ちを消した。自分と同じように、仲子もまた何かを隠している。やたら見せる笑顔も、自分と同じで人には言いたくない不幸があるかららしい。だが大の大人二人が誘い合って遊園地へ来たのである。倒産して借金で首がまわらなくなっただの、世俗の不幸を語り合い、聞き合ってみても仕方のないことだろう。乗り物代も高くなって二時間も遊べばポケットの金はなくなってしまう。それまでの間、幸福なふりをし、笑い合い、この歳になって童心に戻ることなどできるはずはないが、子供に戻ったふりで楽しめばいいのだ――

そんな気になると、ベンチの前を通りすぎるたびに、家族連れの子供や母親が無遠慮に投げつけてくる好奇の視線も気にならなくなった。

「あの二人、なに？」

露骨に指さして母親に尋ねた子供に、浦上は道化た顔で答えた。仲子も同じ気持ちらしい。「あのカプセル乗ろうよ」空になったサンドイッチの箱を力いっぱいゴミ箱に押しこみ、弾みをつけて立ちあがった。

空中をグルグル回転しながら泳ぐカプセルに乗り、遠心力を利用した凄《すさ》まじいスピードのブランコに乗り、ジェット・コースターに乗った。

童心に戻ったふりで楽しめばいいと思っていたのだが、どの乗り物もふりをする余裕など赦《ゆる》さなかった。ものの凄い速度と遠心力の中に忽《たちま》ちのうちに巻きこまれ、恐怖だけで頭も体も空っぽになってしまう。気がつくと、夢中でしがみついてくる仲子を、庇《かば》うというより自分の方からもしがみつき返して、周りの子供たちと同じ悲鳴や笑い声をあげている。気持ちが少しずつ遊園地に溶けこんでいくのがわかる。

それは顔や態度にも出るのだろう。ジェット・コースターに乗りこむと、前の席の野球帽をかぶった少年がふり返り、笑いかけてきた。それまでの好奇の混じった含み笑いではなく、ごく自然に、そこに一緒にスリルを味わう仲間を見つけた、といった笑顔である。

仲子は嬉しそうに微笑み返し、手にしていたスティックの菓子の一本を渡した。子供は素直に礼を言い、付き添っていた母親も、「済みませんねえ」と気さくな声をかけてきた。

「来て良かったわよ。楽しい……」

ガタガタとぎごちない音をたてゆっくりと最初の傾斜をのぼりだすと、仲子は頭を浦上の肩にもたせかけ、

「本当いうと、この春、好きな男と別れて、何度も死にたいと思ったのよ、私……」

耳もとで囁《ささや》いた。

「誰？」

「浦さんの知らない人」

「振られたのか？」

「……振ったのよ、と言いたいけど私が振るなんてできないから……でも」

次に続けようとした言葉は、叫び声に変わっていた。下降が始まり、振り落とされそうな震動がきた。今聞いて耳に残ったはずの言葉までが体ごと空中に投げ出された気がした。下降しきったところで速度が落ち、小休止になったが、悲鳴の反動の笑い声をあげているうちに、次の下降が始まった。

震動と落下感の波は次々に押し寄せ、その間、仲子は何度悲鳴をあげたのか。

やっとホームに着き、ふらつく足どりのまま、二人揃って近くのベンチに座りこんだ。

「齢《とし》だわね。体に弾力がなくなってるから、芯《しん》まで震動するのよ。まだふらふら……」

「結婚前の女が何言ってるんだ」

「そうね……まだこれからよね、私も」

叫びすぎて、喉が渇いたと言い、仲子は紙袋の中にまだ残っていたビールの缶をとりだしたが、缶の中身も激しい震動に悲鳴をためこんでいたのか、口が開きかけると同時にカン高い音をたて、泡が噴水のように上がった。

周りからも叫び声が起こり、次の瞬間、二人は腹を抱えこんで笑った。

笑い声が膨《ふく》れきったところで、しかし、針で風船を突いたように、浦上の気持ちは小さく現実へと萎《しぼ》んだ。気持ちはずいぶんと軽くなったが、そのぶん、ポケットの中も軽くなっている。まさぐると指に触れたのは千円札一枚の薄さである。

「夕方にちょっと用があるんだ。あと一つ乗って終わりにしようか」

缶を口に運んでいる仲子にそう声をかけた。

仲子が最後に乗りたいといった観覧車は、さまざまな色で曲線がうねる中に、ひと際大きくくっきりと輪を描いていた。

籠《かご》に乗りこむ前に、浦上は顔をあげ、目だけでまずその巨大な輪を一巡し、これを最後の休息にして結局笑顔のまま仲子とは別れよう、籠に乗っている間は倒産のことも忘れていようと自分に言い聞かせた。ところがその最後になってちょっとした異変が起こったのである。

籠に乗り、対《むか》い合って座ると、仲子はポップコーンをとりだした。浦上はひと握りを口に放りこみ、ゆっくりと嚙《か》みながら、目を閉じた。今までの乗り物とは違う緩《ゆる》やかな上昇感にすぐに体も心も溶けこんだ。

目を開くと、視界は空だけになっている。少し傾いた太陽を中心に、東京の空が、子供の頃と同じように大きく広がっている。

暑さまでが快く、大きな湯舟に浸っている気がした。いつの間にか高くまで昇ってきているが、高さが少しも恐くはなく、ただ高揚感だけがある。既に遊園地は下界になっていて、乗り物や建物のいろいろな色彩は、夢を作り出す工場の部品のように見えた。観覧車は中でも一番大きな歯車になっている。地上では騒々しすぎた音楽も澄んだオルゴールの音色となって響いてくる。それがまた地上に戻るまでの束の間の安らぎだとわかっていながら、その一瞬の安らぎにのんびりと浸っていられる自分が、浦上には嬉しかった。

「困ったわ……」

その安らぎを破ったのは、仲子の声だった。ふり向くと、仲子は眉を顰《ひそ》め、唇を咬《か》みしめている。体が小刻みに震えていた。

「ビール、飲みすぎたのよ……」

すぐには言葉の意味がわからなかったが、仲子は額に大粒の汗を浮かべながら、蒼ざめた腕に鳥肌をたたせている。

「あと二、三分だよ。辛抱できないか」

「駄目なのよ、こういう時、私……」

泣きそうな顔で笑った。

ちょうど半周が終わり、籠は上りつめて静止した所だった。白いヒールが床をカタカタと叩いている。その音が激しくなってくるのがわかる。今まで心地よい浮上感となっていた高度が、伸びすぎたゴム紐《ひも》のように意味のない、忌々《いまいま》しいだけのものに変わった。人形のように小さくみえる係員を大声で呼んでみようかと思ったが、他の籠に子供たちが乗っている以上、回転を速めてもらうわけにもいかない。何とか辛抱させる他なかった。「何か話をしたら気が紛れるかもしれない」本人以上に焦って、浦上は早口で声を掛けた。

「さっきの話、振られて死にたくなった話、あれ聞きたいよ」

「間が悪いのよ、私。こんなだから振られちゃうの。それだけの話なの」

首を振り、震えだした体を両腕で庇い、座席の隅に移った。丸い体を両腕で押えつけ必死に小さく縮こまろうとしている。

やっと籠がまた動きだした。その揺れで座席に放り出されていたポップコーンの袋が風に誘われたように空中へと投げ出された。小さな白い粒が視界いっぱいに広がったかと思うと泡のように一瞬のうちに消えて見えなくなった。

「私……ごめんなさい、もう……」

仲子が呟くと同時に、浦上は腰を浮かした。

籠が大きく揺れた。浦上は倒れるように仲子の隣りに座りこみ、その肩に腕を回した。

仲子は反射的にしがみついてきた。「飛び降りるか」浦上の口からそんな言葉が零れた。

仲子は一瞬ポカンとし、それから首を振って「そんな、死んじゃうわよ」と言った。

「さっき死にたいと言ったじゃないか」

「済んだことなの、それ、もう」

「済んじゃいないよ。金だけの男と結婚するなんて、女として死ぬのも同じじゃないか」

「でも……」

「それに俺の方だって死にたいんだよ。昨日店へ行って君がどっか遠くへ行きたいって言った時、君となら死ねそうな気がした。君とは何の関係もないけど、あの時君とならなぜか死ぬこともできそうな気がした。一緒に死ぬ女は惚《ほ》れてる女じゃなくていいから……俺が笑ったらちょっと笑い返してくれる女でいいから……」

何を喋っているのかわからないまま、言葉だけが次々と口から流れ出した。仲子の顔は汗でぐしょぐしょになっている。涙が混ざっているのかもしれない。見開いた目は狸の隈《くま》どりがなくとも大きく見えた。

「何で、浦さんが死ぬのよ……」

「倒産したんだよ、俺んち」

浦上はやっとその言葉を口にした。

「ポケットの中にはもう帰りの電車賃だってないし、失恋したぐらいで死にたいなんて、そんな甘いこと言ってられないんだよ」

後は何をどう言ったか憶えていない。何とか憶えているのは、「飛びおりようか、本当に」仲子がふっとそう言って下を見、「駄目だわ。もうこんな所まで降りてきてる。これじゃ死ねないわよ」不意にケラケラと笑い出したことだけである。仲子は係員の「危ないですから」という声に耳を貸さず、まだ停まりきっていないうちに籠をとびおり、躓《つまず》きかけた体を何とかもち直して、走り出した。

マーチの音が耳に響いてきて、やっと我に返ると、浦上は入口に近いベンチに座っていた。陽は、西に傾いたぶん弱まっている。さっき上方から見た箱庭のような景色の一隅に、自分は小さく座っているのだろうとそんなことを思っていた。

仲子は水に濡らしたハンカチで首すじを拭《ぬぐ》いながら戻ってくると、ふうっと大きく息を吐き、謝るようにちょっと頭をさげた。

「優しいのね、浦さん――」

微笑の中に丸い目を小さく埋めた。

「あんな嘘言うんだから、吃驚《びっくり》して、それで私、何とか我慢できたのよ」

その小さな目が本当に浦上の先刻の言葉を芝居だと信じているのか、それとも真実だと見抜いて、自分の方こそが優しい芝居をしているのか、わからなかった。浦上は自分でも先刻の言葉が本気だったかどうか、わからなかった。ただ倒産してから今日まで、さっきの缶ビールのように、体の中に貯《た》まったまま周囲の震動に揺れ続けていたものがあって、それが真っ白な泡の噴水となって迸《ほとばし》り出たのである。流れ出るだけ流れ出ると泡は消えてしまった。誘蛾灯のチカチカもう消えて、ただマーチの楽しいリズムだけが胸に反響している。

「奥さんがいなけりゃ、私、浦さんに結婚申しこんだけどな」

「何言ってるんだ。もうすぐ結婚しようという女が……」

浦上はちょっと笑い返した。

仲子の笑顔のむこうに、逆光を浴びて、観覧車が大きな輪を描いている。仲子と同じ輪郭をして、観覧車までが笑っているように見えた。

夫婦逆転

横森理香

横森理香《よこもりりか》（1963〜）

山梨県生まれ。多摩美術大学グラフィックデザイン科・映像デザインコース卒業。ニューヨーク遊学の後、92年、エッセイ集『ニューヨーク・ナイト・トリップ』で作家デビュー。94年『ぼぎちん バブル純愛物語』で注目を集める。主な著書に『エステマニア』『凍った蜜の月』『マニアック ラブ』『をんなの意地』。

女も三十なかばを過ぎると、オヤジっぷりハンパじゃなくなってくる。特に仕事をしてる女はそうだ。経済力を身につけるにしたがって、身も心も、太っ腹になってくるのである。

昨今、女のほうが男よりよっぽどやる気も体力も能力もあるということか。それとも、強い女には弱い男がつきものなのか。我が家はすっかり夫婦逆転だ。稼ぎが少ない代わりといっちゃあなんだが、私に家事を調教された夫は、すっかりいいオバハンに成り果てた。

「ったく。しみったれちゃってよ。あれじゃあ立つモンも立たねぇんだよっ」

夫を見るにつけ、そう思う。人に紹介するときだって、

「うちのカミサン」

って紹介したくなるくらいだ。

「主人です」

なんて、間違っても言いたくない。だって、

「食わしてんのは俺だ」

からだ。

結婚六年目。売れないミュージシャンの夫は、今では子供と一緒にすっかり私の扶養家族と化している。不況が続き、ますます忙しくなる経営コンサルタントの私。夫婦の収入の格差は年々ひどくなる一方で、暇な夫は子育てに追われ、ますます所帯じみてきた。

男というのは、女に頼られてないとしっかりしない生き物なのか、頬《ほお》はこけ、筋肉も落ち、ちょっと疲れるとすぐ立ちくらみなんかしやがる。妙齢の、いかにも繊細そうな、みずみずしい美男子が倒れたりしたら、

「どうしたの？　大丈夫?!」

なんて言って駆け寄るのだろうが、老けっぷりハンパじゃないあいつが倒れたときは、

「ったく。ざけてんじゃねーよ、オバサン！」

としか思わなかった。可愛くも、可哀想でもない。いい迷惑なのだ、具合なんか悪くなられた日にゃあ。

「でもいいじゃん。私なんてまだ一度も縁がなくて。二度も縁ある里美《さとみ》が羨《うらや》ましいわよ」

幼なじみの律子《りつこ》に言われても、私はちっともいい気がしない。だいたい結婚願望凄まじい律子とは違って、私は結婚したいなんて一度も思ったことはないのだ。なのに、できち

やった結婚を二度もしてしまっている。

「ガキさえできなきゃなー。今でも独りもんで遊んでいられたのに」

「なーに男みたいなこと言ってんのよ！　子供を産むって大変なことよー。二人も産んだんだから、そのときはやっぱり相手のこと愛してたんでしょう」

「いんにゃ。愛してなんかないね。ただ堕《お》ろしたくなかっただけだよ。中絶ってのはどーしても人殺しって気がしちゃってなー」

「まあ、そりゃそうだけどさ、止《や》むに止まれず中絶してる人は、世の中にたくさんいるよ」

子供はやっぱり父無し子つうワケにはいかんと思うと結婚しないわけにもいかず、前の夫との間の子と今の夫との間の子と二人、食えない夫が主夫してメンドーみてるのだった。

しかし主夫やって六年もたつのに、いまだ、

「あれえ、サトちゃん、イクラってこんな匂《にお》いだったっけぇ」

なんてボケたことを言ってくれる。

「どれ？」

朝ごはんのとき、大根おろしの上にイクラが乗ってる小皿を差し向けられて、匂いを嗅《か》いでみると、思いっきり、酸っぱーい匂いがする。

「腐ってるよ、これ」

「だよねー」

「だよねーって、おまえ……」

私にムカつかれるのを恐れて、小走りに台所へと逃げる夫。いまだに腐ったものと腐ってないものの見分けもつかんのだ。いつかも安かったからといって、腐った果物をしこたま買って来られ、激怒した。

「愚妻」

という言葉が脳裏をよぎる。まったく夫には愚妻という言葉がぴったりだ。私はともかく、育ち盛りの娘二人に腐ったものを食わされるかと思うと、たまらない気分になる。

「ったく、女が経済力を持つとロクなことないよ」

幼なじみの律子に寿司を奢《おご》りながら、ぶうたれる。

「あらぁ、そんなことないわよ。私なんか里美が羨ましくって。だって経済力がなかったら、友達にこんなひゃいひゃい寿司なんか奢れないわよお」

律子はいい年こいて、家事手伝いをしながら、コギャル気分で白馬にまたがった王子様を待っている。三十もなかばを過ぎてこれも気色悪いなぁとも思うが、こういう自分が幸せだとも、なかなか思い切れない。

「だいたいさ、前の旦那《だんな》と別れたのだって、私が主婦業に飽きて仕事を始めちゃったからなんだと思うんだよな」

「ああ、あれは確かにそうかもね」

「ほら、私の仕事が軌道に乗ってきたら、いきなり『俺、会社辞めたから、とうぶん里美ちゃん、食わせてね』ときたもん」

「でもあれは男が悪かったよ。稼がない、家事もしない、子育てもしないじゃあ、ダメんなって当然でしょう」

「うん」

日がな一日家でクサクサされて、その鬱憤《うつぷん》で今の夫と不倫関係に陥った。あいつは近所のコンビニでバイトしてて、子供好きだったから上の子が先になつき、私までなついちまって、下の子ができちゃって結婚するに至った。

「その点紀良《きら》君はいいじゃん。家事も子育てもぜーんぶやってくれるからこそ、こうやって里美も好き勝手やってられるんだからさ」

「まあな」

実際、家事も子育てもぜーんぶやってくれる男じゃなきゃあ、私が携帯電話二本を駆使しながら、今の仕事を続けることなんて不可能だった。夜こうやって幼なじみと寿司屋で気の置けない話をしながら飲めるのだって、主夫がしっかり家を守ってくれてるからこそなのだ。

しかし、考えようによっては、これも私の不幸の象徴なのである。フツーだったら、夫がいるんならその夫と寿司屋に来ればいい。それが幸せってもんだろう。だけど私は律子に寿司を奢って、話を聞いてもらってるのだ。夫は単細胞過ぎて、人生の悲喜こもごもな ど、話しても分からん。だからなんの不満も感じず、安穏と主夫がやってられるのだ。

「だけどさー、そうやって家事と子育てばっかりやってる所帯じみた男と、ヤル気になると思うかぁ？　紀良と結婚してから、私の女としての人生は終わってるよ。雑誌なんかで『オトコの本音／妻とはセックスしたくない！』っての、ホント良く分かるよ」

「アハハハ、でもいいじゃん、別にしなくても大丈夫なんでしょ？」

「大丈夫なんだよなー。あいつってさ、何カ月もしなくてもへーキみたいなんだよマジで」

「淡泊なヒトって世の中にいるもんね。私もそうだけど」

「ホントにしてないの？」

「うん。なんていうの？　タマ出ちゃったっていうか、女のインポっていうかさ。四年前不倫でジジイに嵌《は》まってから、もー、ぜーんぜん、男とヤル気なくなっちゃってさ」

「マジ？」

「マジ」

「でも、毎年『今年こそ結婚する！』とか宣言してて、それはどーすんの？」

「そのことなんだけど……このあいださぁ、思い余って占い師のところへ行ったのね。なんかすごい当たるっていう霊感占い師で、はるばる立川まで行ったんだけどさ」

「んで？」

「でね、言われたのは、六年後に最高の結婚相手が現れるって」

「ゲー！　六年後ったら、もう私たち四十二じゃない！」

「うん。でもね、私って女は、それまでは何人結婚しても、何回でも懲りずに離婚する女らしいのね。だからムダでしょうって」

「はぁ」

「でもいいのよ。子供も欲しくないしさ。セックスなんて、別にしないでもいられるもん」

「そおう？　私なんてしないとも一、鼻血出そーんなっちゃってさー」

「じゃ、どうしてんの？」

「たまーに、やりたくもないけど紀良とやっちゃったりするんだけどさ。濡れないんだコレが。もー、あいつったら何年やってもセックスだけはうまくならなくってさー。なんだか知んないけどサイズだけはやたらとデカくって、もー、痛いったらありゃしない」

「それって、ノロケ？」

「やめてよー、じょーだんじゃないって」

『愚妻』という言葉が再び脳裏をよぎる。セックス下手《へた》、家事下手、甲斐性《かいしょう》ナシ……男でも女でも、ダメな奴はなんでもダメなのだ。

なのになんで、自分とおんなじ能力の者同士が、夫婦にはならないものなのだろうか。

「ま、だいたいさ、この六年というもの、秋と春の発情期んなると、紀良君と別れたいって言い始める。で、自分でニンジンぶらさげてみてさ、ちょっと食ってみて、疲れると、またどうでもいい紀良君と縒《よ》りが戻んのよね」

律子はさも、分かってるふうに言う。

「まー、アレだな。子供を人質に取られてるから、しようがないっつぅか。でも図々しいぜ。ほっとくとどんどんつけあがって、家事はおざなりになるし、こっちは週末まで仕事してても、帰ると部屋なんかしっちゃかめっちゃかだったりして。子供と日がな一日ビデオ見てた、なんてこともあるんだから」

「まあ、主夫としてやる気なし、男としてもまるでプライドなしってのも困るけどね」

「だろ？　あーあ」

「だけどさー、紀良君も偉いよ。里美にあれだけ言われてよく耐えてるもんね。私だったら耐えきれない。絶対離婚して家出ちゃう」

「だよね。だからありがたいって部分もあるんだなー。よくやってるっつーか。だけどそもそも、あいつが稼げたらこんなことにはなってないってことなワケじゃん？　ベビーシッターでもお手伝いでも雇ってさ、夫婦でおんなじくらい稼げてれば、夫を敬うこともできれば、セックスする気も起きんだからさ」

夫への不満が募ってくると、こうやって幼なじみの律子を誘い出して、愚痴を聞いてもらう。しかしその律子が、最近留守がちで、たまにいても誘いに乗ってくれないのだ。

今日も私は、携帯から何度も律子に電話をしていた。

「あー、やっと捕まった。ねえねえ、寿司食いに行かない？」

律子は浮かない声で答える。

「うーん。電話待ってなきゃなんないからさ」

「誰の？」

「……知り合い」

男だな、と思った。律子ったら私に偉そうなこと言ってたって、実はちょくちょく不倫男に嵌まってるのを、私は薄々感づいてる。白馬の王子様を待つといっても、もうこの年になったら、そんなもなー可能性ゼロといってもいいからだ。コナかけて来るのは奥さんとは別れるつもりゼロの不倫男だけ。

それは自分の身を振り返ってもわかる。寄る年波。かったるくって、誰しも新しい相手と結婚し直す気なんてないのだ。カッコイイとこだけ見せられる外でのみ、誰かと付き合いたい。自分の疲れたところや、だらしないところを見られてないからこそ、いいムードでセックスできるんであって、生活を共にしてしまったら、誰が相手でも、結局はおんなじになってしまうのをみんな知ってる。

ずうっと一緒にいたら屁《へ》だってこきたくなるし、鼻糞もほじりたくなる。太って弛《たる》んだ体をさらけ出して歩き、睡眠不足でお肌ボロボロのときも、風呂入ってなくて臭いときもある。休日はノーメイク、髪の毛ボサボサ、髭ボーボーだ。そんな姿でわがまま放題、御無体なことを要求しまくる。そういうありのままの姿が平気で見せられるようになってこそ夫婦。それは確かに男と女の関係ではないが、楽で居心地のいい、かけがえのないものなのだ。

「いーじゃんよ、ケータイ持ってんだろー？　それ持って出掛けりゃいいじゃん」

「うーん。でもこのＰＨＳ、使えるエリアが狭いんだもん」

カー！　おまえのオトコはちゃんとしたケータイも買ってくれないよな甲斐性ナシなのか？　あーあー、私が男だったらなぁ。

そう言いたかったが、言えなかった。一番傷ついてるのは、律子だからだ。みんな男には恵まれてない。恵まれてるのは、若い女だけだ。それも賢くて、美しく、自分が男勝りになるのを、計算して辞退してる女たちだけ。

「じゃあ私のケータイの番号、留守電に入れときゃいいじゃん」

「留守電にするとさ、お父さんかお母さんがいじってワケわかんなくしちゃうから」

「へ？　じゃあその相手に電話して教えなよ」

ったく不倫するくらいだから、ケータイっくらい持ってんだろ？　と思った。

「連絡先、分からないから」

れ、れ、連絡先が分からんだとおー！

私は律子の親父になった気分で、心の中で叫んだ。やるだけやっといて、いつでも連絡できる電話番号すら、渡さない男がいるとは。

「とにかくさ、クサクサしてないで出ておいでよ。とりあえずPHS持って来て、それで連絡が取れなかったら、仕方ないじゃん」

「今夜はいいわ。とりあえず、待ってる」

律子はそう言うと、容赦なく電話を切った。

「へ？　ったくなー、チン、だって」

しようがないから紀良に電話をかけた。

「あ、紀良ー？　いま何やってんの？　子供？　じゃあ子供寝かしつけたらさー、ちょっと出て来ない？　久しぶりに寿司でも食おうよ」

「ええー？　今日じゃなきゃダメなのー？」

紀良はまるでギャルみたいに聞く。

「うん。だって私、今日寿司食いたい気分なんだもん」

「ざんねーん！　亜也《あや》ちゃんの風邪うつっちゃってさー、なんだかおなかの調子良くないんだよねー。こういうときってさー、生もんひかえたほうがいいじゃん？」

「ったくよ。ほんっとに病弱なんだから。一晩私に付き合うこともできないの？」

まったくこの男は、酒も弱いし頭も腹もセックスも弱い。いいのはその据わりまくった根性だけなのだ。

「……分かったよ。じゃあ僕は横で焼物だけ食べて、お茶とかお吸物飲んでるから、サトちゃんお酒飲んで寿司食べればいい」

「そんなの、寿司屋に悪いからいいよ」

「そんなことないよ。場所言ってくれれば行くからさ……ゲホン、ゲホンゲホン」

人に頼って生きてるから気が張ってないのか、紀良は本当によく風邪をひいた。

私はじゃあな、といって、電話を切った。咳《せ》き込まれて、それでも寿司食いたいから出て来い、とは言えない。それに、誰でもいいからそばにいて寿司食えればいいってもんじゃないのだ。

「あいつには、私の気持ちは分からない」

私は寂しさを抱えて、夜の街に佇《たたず》んだ。

「オヤジが愛人を欲しいと思うのは、たぶんこういう時なんだろうなぁ……」

ただたんにセックスの相手が欲しいわけじゃない。よりどころが欲しいのだ。ふっとした拍子の心の隙間《すきま》を埋める、よりどころ。家に帰ると、まー、子供じみて騒がしく、落ち着かない世界が繰り広げられてて、ちっとも自分が、一人の、大人の女としてくつろげないのだ。プライベートで大人の時間が持ちたいと思ったとき、幼なじみの律子がいなかったら、誰一人として私には、よりどころとなる人がいないのである。

「さびしーい！」

目の前で、枯れ葉を回してひょろろーっ、なんて夜風が吹きすさぶ。

あったかそうに抱き合って夜道を歩く若いカップル。もうすぐバレンタインだ。今の私には、全くといっていいほど関係がない。

「あーあ、かつてはよりどりみどりだったのに、あの男たちは、いったいどこに、隠れちゃったんだろうなぁ」

今の私には、律子と紀良にフラれたら、その穴を埋める男友達の一人もいない。その愚痴を律子に言うと、決まって、

「でも里美なんか、仕事で知り合う人がいっぱいいるでしょう」

と言われる。しかし律子みたいになんにもやってない人のほうが、ひょんなことで知り合った男と、〝そういうふうになる〟可能性は高いのだ。

「日本の社会で仕事を続けるってことはねー、オトコになるってことなんだよ。そんな女と、誰が寝たいと思う？」

「ええ？　でも、そういう凜々《りり》しい女と寝たいと思う人はいるはずよお」

「いたとしても、とんでもねーハゲだったり、デブだったり、歯槽膿漏《しそうのうろう》だったり、笑っちゃうような顔だったりなんかしたら、なにもわざわざ重い腰上げるこたぁないって気に……」

「あー、そういう人ばっかりなんだ。里美の仕事関係の人達って」

「うん。クライアントはだいたいクソジジイだからね」

クソジジイの中にも、たまにはいいのもいる。しかし、かつて若かりし頃は、ロマンスグレーつうものが性的にも受け入れられる時期はあったが、この年になると、その肉体的老化ぐええが、同病相憐《あいあわ》れむ的に気になり、

「いやー、ちょっと、ごっつぉさん」

って、最初からなってしまうのだった。

「だからってさ、バーとかで『あれいいと思わない？』って里美がいうのって、だいたいミュージシャン崩れみたいなのばっかりでさ。それじゃあ紀良君と変わんないんだもん」

「そうなんだよねー」

寄る年波。恋愛の可能性は年々薄くなっている。あれは、もう二年前のことになるか。律子と二人、独身を装って青山のバーＡＰＯＬＯに恋愛光線を発しに行ったことがある。

「もー、いま新しい男ができなきゃ、一生あの〝出がらし〟みたいな紀良と、一緒にいな

「きゃなんないじゃん？」

鼻息を荒くする私に律子は、

「そんなー、わざわざ自分を奮い立たせてまでニンジンぶらさげなくても……」

と言いながらも自分のほうがお洒落《しゃれ》して来ていた。

「あれ、いいと思わない？」

と私が目をつけた男は、薄暗い店内でもサングラスをはずさないような洒落男で、いやらしい嬉《うれ》しさをこらえきれずにニヤニヤしてるって感じの、いかにもモテそうなタイプだった。律子はそれを厳しい目で観察し、

「年下と見たね。たぶん、ヘアメイクかスタイリストかって、そんな感じ。ゲイかもしんないし、ちょっと私、聞き込んで来るわ」

彼のところへ行ってまるで逆ナンパのようなふりをしながら、酒を一杯奢らせたうえに、根掘り葉掘り身元調査をしたのだった。それから私のテーブルに戻って来て、

「ダメダメ。あんなの。やめときな。選曲家とか言ってるけど、紀良君とおんなじだよ。おまけに奥さんと、小さい娘までいる」

という。私は、すっかりその気で答える。

「あら。じゃあワタシと同じじゃない」

律子はムッとして、

「なーに言ってんのよ。自分のこと考えたって分かるでしょう？　小さい子がいる男は絶対奥さんとは別れない。それに子供の顔見るために、遅くても絶対家には帰るのよ。あんなのと付き合って、辛《つら》い思いすんのは里美なのよ」

などと言うのだった。私は、

だって妻帯者同士だもんいーじゃん。やることとやって、とっとと家に帰りゃーいーんだからさ。ダブル不倫、ダブル不倫。

と言いたかったが、言えなかった。

そういうときに、律子にはやっぱりちょっと気兼ねしてしまう。孤独感に苛《さいな》まれないで済むという意味では、既婚者の不倫のほうが、独身女の不倫よりも、よっぽどお気楽で、ずるいからだ。

確かに、私は、ずるい。

紀良に飽き飽きしてても、子供のことと家のことはまかせっきりだ。テキトーに遊びながらも、その情事に飽きたり疲れたりしたときのために、帰れるところを守り続けてるのだから。しかしその遊びの相手になってくれる身近な男も、三十なかばを過ぎたら、蜘蛛《くも》の子を散らすようにいなくなってしまった。

「女一人で寿司屋のカウンターに座るってのも怖すぎだしな。夜お茶でもしてくか」

律子と寿司食ったあとよく寄る、代官山のタブローズに、今日は一人でシケ込んだ。そしてブランデーのお湯割りを飲みながら、どっと暗い気分で、紀良と結婚してから浮気した、数人の男たちのことを考えていた。

特にベタベタに関係した最後の男のこと。律子じゃないが、終わったあと、タマ出ちゃった感張《みなぎ》っちゃった、四十路《よそじ》男のことだ。

「いやー、アレは疲れた」

クライアントの中じゃものすごく若い部類で、ルックスも悪くなかった。しかし経営状態のものすごく悪い小さい会社を営むその男は、いま思えば最初から経営コンサルタント料を浮かせようとして、私をひっかけたのだ。

「大風呂敷で、自分の力を過信してて、先見の明がまるでなく、世の中を甘く見てて、仕事の手を広げ過ぎて失敗した典型的な例だわ」

そんなことは最初から分かってたのに、もう一花咲かせようと躍起になってた私は、あの男の誘いに乗ってしまった。

恋愛体質の男と女には、『吸収』と『攻撃』の二タイプが存在すると、後にキャリア向けの女性誌で読んだ。あの男は典型的な『吸収』タイプだった。その気がない相手にまで自分の吸収力でコナかけさせてしまうタイプ。このタイプには、男でも女でも、欲が深く、ずるく、いやらしい人間が多い。しかも嵌まると苦しむのは嵌められたほうという、最悪のタイプなのだ。

「あーあー、あの恋愛特集がもっと前に出てて、それを読んで知ってたら、あんなヤな思いをしなくて済んだのになぁ」

その女性誌の特集のタイトルは、『恋愛不毛の女になってませんか？ 愛の砂漠をサバイバルする30項目』だった。私も我が身を振り返り、アセって買った女の一人だった。

「ヤバいよなぁ。生でガンガンやっちゃって、あれ以来エイズ検査行ってないもんなぁ」

壁一枚隔てた隣には秘書がいるというのに、コンサルタント室で色目を使われた私は、気が付くと、こちらからその男にキスをしてしまっていた。男は待ってましたとばかりに舌を絡ませ、こともあろうに、後ろ手でカギをかけて、その場でイッパツやってしまったのだった。

椅子に座ったまま声を押し殺して抱き合い、男はそのまま私の中で果てた。

「仕事の話しかしてなかったのに、なんで私がリングしてんの分かったのかな……」

それが既婚者同士の不倫というものなのだろうか。二度も〝できちゃった結婚〟した私は、下の子を産んですぐ、避妊リングを入れ込んでた。

「はぁ〜。こたえらんねぇな」

あの当時、みんながスケベしに行きたいホテルナンバーワンだったパークハイアットで腰を突き上げながら、男は、たまんないほどアナクロな台詞《せりふ》を吐いた。そりゃ「こたえらんねぇ」だろう。部屋も食事も酒代も、支払いは全部私持ちだったのだから。

「国枝《くにえだ》さんの奥さんって、どういう人？」

三回目のセックスが終わったあと、私は赤ワインのつまみに、クサいことを何げなく聞いてみた。しかしそのあと延々と聞かされたのは、女房の自慢と、のろけ話だったのだ。

「俺の女房？　けっこうすごいんだ。もともといいとこのお嬢様でさ、俺なんかと結婚するような女じゃない。元ミス青学でさ、家が金持ちだから、大学卒業してから家事手伝いしながらお花の先生やってたんだよ。それが俺なんかと結婚しちゃったもんだからさ、会社の事務と経理やらされちゃって。可哀想なんだよなぁ。あーあ、早く儲《もう》かるようになって、あいつに楽させてやりたいよ」

「…………」

腰砕けの目に遭いながらも、私たちの関係はずるずると続いた。二人ともどんどん肉欲に嵌まって、タクシーの中や、エレベーターの中でまで、我慢しきれず唇を求め合うようになっていた。そしてキスしあうと、もう下半身がムズムズしちゃって、やらずには帰れない。恋に家庭に大忙しで、次第に、お互いの離婚を話し合うようにまでなっていた。

「私はいつでも別れられるわよ。だって私が食わせてるんだから。向こうに何かを主張する権利なんかないし。だいたい向こうだって、私と子育てのためにミュージシャンになるのをあきらめたって思ってるんだから。子供も私もいなくなって、一人でやり直すいい機会でしょ」

「俺は……」

男は口ごもった。

「あーあ。男っていつもこうなのよね。奥さんとは何年も寝てない、なんて言いながらさ、実は違って」

「そうじゃないよ。女房になんかホントに全然相手にされてない。俺が別れたいって言ったら、あっちはいつでもどうぞって言うだろうさ。だって困んないどころか、今よりずっと楽になるんだぜ。子供連れて実家帰ればさ。義母だって何年も前からそう言ってるよ」

「じゃあいいじゃない。二人で不毛な相手と別れて、新しい家族を作りましょうよ」

「ただ、俺のほうがさ、なんていうか、まだふんぎりがつかないんだよ」

「まだ奥さんのこと愛してるんだ」

「いや、愛してるとか、そういうんじゃない」

「じゃあなに?」

「男としての責任だよ。一度結婚した女を、そう簡単に捨てるなんてできないだろ」

「じゃあなんで浮気なんかしたの? こういうことになる危険性なんて分かってたんでしょ」

「そりゃおまえ、据え膳食わぬは男のなんとかっていうじゃないか。あんなふうにされて、その気んならない男はいないぜ」

「へ？」

男は情事の発端を、私のせいにしていた。私が色目を使ったのだと。しかし何と言われても、年のせいで、ギャルのごとく、泣いたりわめいたりなんてことは、すでにできなくなっていた。大人になるということは、楽だけど、つまらないことだ。

「じゃあ、別れようか」

私はすかさず言うのだった。情事の相手に理不尽なことを言われるより、自分がそんなふうになってしまったことのほうが、不愉快だった。

「もうちょっと考えさせてくれよ」

男は、ばかに深刻な顔をして言った。

しばらく連絡を取らないでいると、今度は男のほうから、

「ホテルを取ったから会ってくれないか」

と電話があった。私は、それまでさんざんこっちに払わせてきた男だから、やっと男気を出したかと思い、喜んだ。しかし呼ばれたホテルは、今どき出張で上京したオッサンしか泊まらないような、溜池のＡＮＡホテルだったのである。

「やあ、久しぶり。会えなくて辛かったよ」

そういう男は、眺めの悪い、狭いシングルルームで私を待っていた。

「……そう」

いい年こいて、こんな部屋、女を呼ぶときに、使うか？　いつか律子にその話をしたら、

「ああ、それはね、たぶんクレジットカードのサービス券かなんか使って、一割引とかで取ったのよ。割引するぶん、だいたい条件の悪い部屋を割り当てられるんだから。せっこーい！　金のない男がやりそうなことよ」

と説明してくれた。

「そうかぁ……」

「なーにガッカリした顔してんのよ！　そんな男、別れて良かったじゃない！」

アメックス等々についてるホテル宿泊割引券なんか、カッコ悪くて使おうと思ったこともなかった。たった一割安くなるからって、ホテルに泊まりながらケチ臭い気分満喫なのだから、そんなもん得とは言えないだろう。

「しかも馴《な》れ合い甚だしい古女房に使うんだったらともかく、新しい浮気相手に使うか？」

パークハイアットができたとき、律子と上のニューヨークバーに下見に行った。

「ねえねえ、パンフレットみたらさ、部屋、一泊三万九千円からだって」

「やっぱり高いわねー。誰か特別な人とじゃなきゃ、ちょっと泊まる気しないわよね」

そう言って、笑い合った。

「紀良とじゃあね。アハハ」

それから数カ月して男ができ、私は待ってましたとばかりに部屋を取ったのだ。

「夜景が綺麗《きれい》な部屋にして下さい」

と注文をつけて。家には事務所で徹夜仕事だから電話もすんなと言って出て来た。

先にチェックインして、プールで泳いで、ドレスアップして男を待って。始終ベタベタしながら食事をしたり酒を飲んだりして、私は久しぶりに女を取り戻した気がしてた。

しかしそのお返しが、これだったのだ。

あーあ。やることさっさと済まして、帰ろ。そう思い、椅子に座る男にまたがって口づけた。男は言うのだった。

「ちょっと待ってよ。下に寿司屋があるからさ、そこに行って食べたり、バーに行って飲んだりしようよ」

え、ここで？　いまさら溜池の〝穴ホテル〟で？　そんなあか抜けないことしたくない。

そう言いたかったが、さすがに悪くて黙ってると、なにを察したか自信満々に、

「金のことなら心配すんな。まかしときー」

と言われ、またもや腰砕け、イヤとは言えない。

バブルの弾《はじ》けた感のあるANAホテル。まずい寿司屋で恩着せがましく奢られ、

「夜景でも見て、カクテルでも飲むか」

とアストラルに連れて行かれて満員で入れず、再び寿司屋の横のメインバーに行って、男はいきなり、『今月のサービスボトル』グレンフェディックをボトルキープした。

「水割りで頼むよ」

「………」

久しぶりの恋愛なのに、もはや男として、男を冷静に観察してしまう。私が男だったら、女をもっと気持ち良くエスコートできる。経済力も私のほうがある。そう思うと、もうどっちらけが止まらない。それだけじゃなく、男は、とんでもないことを言い出すのだった。

「君の名前で入れておくから、紀良君、連れて来て飲ませてもいいんだぜ」

「……は？」

なにを馴れ馴れしく会ったこともないのに、と訝《いぶか》しげな顔をする私に、男はニヤケ顔で、

「いやあ、ハハ。悪いなぁとは思いつつ、あんまり連絡がないんで、君の家の近所まで行って、見ちゃったんだよね。君の旦那」

と言うのだった。

「ハハハ、ありゃあ、ダメだ。俺の知り合いにもいるんだよ。ああいう情けないタイプが。一生うだつ上がんないぜ。あれじゃあ君が女として、幸せになれなくって当然だよ」

唇が震えてるのが分かった。この男は、自分は女房の自慢をしながら、私の夫をバカにしようというのか。冗談じゃない。

「紀良君か、ペットだなありゃ。たまには連れ出して、贅沢《ぜいたく》させてやれよ。はっはっ」

ボトルを差し向けて得意げに笑う男に、とうとう堪忍袋の緒が切れた。

「悪いけど、遠慮するよ。俺の女房には、こんなダサイ店や安い酒で満足するような生活はさせてないんでね。失敬」

そういって席を立った。

あの男とは、あれが最後だった。

「ふう……」

三杯目のホット・ブランデーが空いたとき、傍らに、律子が立っていた。

「あーあ。私もヘネシー、飲もうかな。ここクロバジェないんだもんね」

「律子ー。どうしたの？」

「うーん。寿司屋にいなかったから、こっちに来てるかと思って」

「電話待ってるんじゃなかったの？」

「もういいの。馬鹿馬鹿しくなっちゃって」

「そっか。じゃ寿司食いに行こ！」

「うん！」

ふつふつとあたたかいものが込み上げる。女が相手なら、奢ってもイヤじゃないのはなぜなのだろうか。

世が世なら、私はレズのタチなのかもしれない。そしたらさしずめ、律子が私の愛人か。

「たはは、不毛……」

それでも理不尽な関係よりゃずっとマシだと、私はこのささやかな幸せを、噛《か》みしめた。

ご臨終トトカルチョ

田中小実昌

田中小実昌《たなかこみまさ》（1925～2000）

東京都生まれ。東京大学文学部哲学科中退。ストリップ小屋や進駐軍の生化学実験室等に勤務し、バーテン、香具師など、職業を転々とする。翻訳のかたわら雑文を手がけ、71年『自動巻時計の一日』で第66回直木賞候補。79年「浪曲師朝日丸の話」「ミミのこと」で第81回直木賞、『ポロポロ』で第15回谷崎潤一郎賞受賞。

恐怖のかたまりを抱いている、と砂子はおもった。

恐怖の実体なんてこととはカンケイない。生身《なまみ》の、モノとしての恐怖だ。

それは、やわらかく、すべっこく、湿ったやさしいにおいのするふくらみやくぼみが、はてもなくふるえていた。

からだ全体がふるえているだけでなく、からだの底の底、いや、からだからはみだしてまでふるえている。モノの延長をこえたふるえかただ。

ミツエはふるえふるえて、砂子にしがみついた。いつも、ブラジャーはしてないようだとおもっていたが、やはりブラジャーはなく、ミツエの乳房は、乳首をドリルのさきにして、砂子の結核病棟での生活で衰えた乳房に、ふるえながらのめりこんだ。

ミツエのくちびるが砂子の首すじにふれ、わなわなうごいたが、言葉もでないでいる。

さっき、この結核病棟の入口にある柱時計が、三時をうった。船の舵輪のようなバカ大きな時計で、こんな夜中には、音がやかましくて眠れない、と患者自治会で問題になったが、病院の事務長は、柱時計はおろさなかった。

戦後、やはり結核でこの病院に入院し、今は都会議員になっているひとが寄贈したもので、その議員さんには、病院も、あんたたち患者も、いろいろお世話になってることだし、そんなひとが贈ってくれた柱時計を、かってにしまいこんだりすることはできない、と病院の事務長は言ったという。

ここは、山手線のある駅の近くにある私立の病院で、それに、結核病棟の患者は、ほとんど生活保護のあつかいをうけている。

それはともかく、となりの病室でも、そのまたとなりの病室でも、男の患者たちは、眠ってはいまい。

ときどき、廊下のいちばん奥の重患室で、ドアがひらき、看護婦の白い靴の音がきこえた。

看護婦の足音は、はいている靴の白い色の音がした。かるくて、せわしない音だ。患者は、こんなかるい、白い色をおもわせるようなあるきかたはしない。

たえず、なにかの物音がしているというわけではないが、病室は、どんな夜中でも、どこか目がさめている。

それは、寝ているあいだでも、病人は病人だからだろうか。それと、おなじ病室に、ある患者たちは、自分の家族よりも長く、いっしょにくらしていながら、やはり、家族がみんなぐっすり眠るといったのとちがい、眠りまでは共有していないこともあるのかもしれない。

とくに、今夜は、みんなおきている。息をころし、目もとじていても、男の患者たちは、みんな眠らずに、うずうず待ちきれないみたいな気持でいるにちがいない。

この病棟の重患室に患者がはいるのも、ひさしぶりのことだった。手術後の場合などはべつにして、この病棟では、重患室にいれば、だいたいたすからない。

あとは、あがるのを待つだけだ、というので、重患室のことを、マージャンの聴牌《テンパイ》をもじって、テンパイ室とよびだしたのは、町田だった。

その町田が、今、テンパイ室にはいって、ただ、あがるのを待っている。本人が待っているいると言えるかどうかはべつとして、男の患者たちは、眠るどころではなく、耳をすまして、町田があがるのを待っている。

それに、男たちは賭けていた。死ぬ時間に金を賭けるのだ。そして、賭けた時間がいちばん近い者が、ほかの者の賭金をみんなとる。

この御臨終トトカルチョをはじめたのも、今、自分の臨終が賭けられている町田だった。

ドンピシャリ、時間があたったときには、ドンピシャ賞として、ぜんぶの賭金の倍もらえる。

（ただし、実際に当った者は、まだいない）

九時の消灯時間の前に、砂子のところにも、木川が、賭けないか、とやってきた。賭金は三百円で、このまえ、久保のジイさんが死んだときは、二百円だった。

「御臨終トトカルチョをやりだしたのは、町田だからよ。だから、やつに敬意を表して、今回は三百円」と木川は言った。

町田は賭事が好きな男だった。警察のブタ箱にいれられてたとき、シラミを競走させて、金を賭けた、というはなしもした。

自分のからだにたかっているシラミのうちで足の早そうなシラミを代表選手にだして、留置所の床を這《は》わせるのだという。

とんでもない方向に、シラミが逃げだしたりしないため、唾でコースをつくる、と町田は、手に唾をつけて、コースをひいてみせた。

どういうわけか、シラミは、ニンゲンの唾にぶつかると、それをよけてすすむのだそうだ。

そのため、足の早いシラミは、だいじに飼っておいた、と町田は言った。

もちろん、ほんとのことかどうかはわからない。しかし、町田は、彼流の言葉でいうと、しらしんけんな顔ではなしてきかせ、みんなをわらわせた。

もっとも、かんじんの商売《バイ》のほうの口上《タク》は、町田のおしゃべりほど、うまくはない、と木川はけなした。町田は、池袋××組のテキヤだ。

それはともかく、木川が賭けないか、と言ったとき、砂子は、ふん、とよこをむいて、返事をしなかった。

それまで、砂子は、御臨終トトカルチョのたびに賭けてきた。男たちは、ほかの女の患者には、賭けないか、とすすめたりはしない。砂子だけだ。

だから、わたしだけは、男なみに、とくべつあつかいにしている、と砂子はいい気分でもいた。

砂子とおなじ病室の藤間のおばさんなんかは、「ひとが死ぬのを賭けるなんて、いやあねえ」と眉をしかめたりしたが、砂子には、そんな気持もない。

殺戮が目的の狩猟も、ちゃんとしたゲームではないか。男たちの最大のたのしみは戦争

病院でのいちばんのおまつりは、ほかの患者の死だ。世間では、お葬式がおまつりだろう。

しかし、病院には死はあっても、お葬式はない。

が、砂子は町田が死ぬのに賭ける気にはならなかった。なぜか、——と考えかけたが、鬱陶《うっとう》しくなってやめた。たとえ、ゲームにすぎない御臨終トトカルチョでも、町田の死にまでかかわりあいたくはないような……いや、それほどのかかわりあいがあっただろうか？

さっき、都会議員寄贈の柱時計が午前三時をうったとき、となりの男たちの病室で、おしころした声だが、ベッドをならべた男たちが、ワッと声をそろえてさけんだような気がした。

だれかが、町田があがるのを、午前三時に賭けていたのかもしれない。

梅雨《つゆ》のころ、久保のジイさんが死んだときは、砂子も賭けて、夜中、男たちの病室で、声をひそめてさわいだ。

「こい、今だ。一時三十八分……一時三十九分……一時四十分。ジャスト……ドンピシャリ？　うーん、ドンピシャはだめだったか……はやくう……うーん、じいさん、なにもたもたしてるんだ」

「いや、いや、じいさんは、若い者より、あんがい保《も》つからさ。まだ、だめよ……だめ、だめ。あと一時間、たのみますよ、もう一時間……息をしてえよ」

「おねがいします。あと、五分なの……ね、ドンピシャリとはもうしません。さ、あと四分、三分、ほら、そこ……当ったら、はんぶんは香典にあげるわ。だから、協力してよ、ね、はい、あがり……」

町田なんかは言葉もらんぼうで、自分が賭けた時間が近づくと、死ね、死ね、死ね……と、歯のあいだから唾をとばしたりした。

ミツエはふるえつづけ、ひっく、ひっく、しゃくりあげたが涙もでず、声もでないでいる。そして、ひっしになって、砂子にしがみついた。溺れて、死にかけた人間が、そばにいる者にしがみつくように……。

砂子は、自分も、くらい底のない水のなかに、いっしょにひきずりこまれそうな気がした。

砂子の母は、郷里の川の水門に、夜、身を投げて死んだ。砂子は、ぼんやり、母の顔をおぼえている。母が、ちいさな自分をだいて、くらい水門の底にしずんでいく夢も、砂子はなん度も見た。母にだかれて、しずんでいくのは、くらくても、水がつめたくても、甘ったれたような気持があったが、自分が母になっている夢を見て、そのときは、くるしく、おそろしく、息がつまり、さけびだして、目がさめた。

ミツエのからだは、どうしようもなくふるえていたが、乳房も、おヘソのあたりも、ふるえながら、あたたかくなってきた。やはり、歳が若いせいだろうか。火照《ほて》りやすい娘のからだ……こんなに、おびえ、おそれていながら……。

砂子は気味がわるくなってきた。恐怖のかたまりは、つめたいはずのものだ。恐怖のかたまりが、やわらかく、あたたかいというのは……。

おまけに、つめたく凍っていたときはにおいのなかったミツエのからだが、若い女のあまいにおいがしだした。

砂子が寝た男で、女のにおいは血のにおいだ、と言った男がいた。だったら、男のからだのにおいだって、血のにおいではないのか。

あまい、やさしい血のにおい。あまい色のにおいはかまわないが、芋虫のあまいにおいはたまらない。

あまい、やわらかなミッエの肌のくぼみやふくらみが、ぴったり、砂子のからだの起伏にかさなっている。

声もでず、ふるえつづけるミッエのからだのふくらみとくぼみをネガにしたかさなったポジの男のからだ、町田の腰や足を、瞬間、砂子は下腹と腿にふれたような気がして、息をのんだ。

一度だけ、砂子は町田のからだの下になったことがあった。

町田は、砂子がこの結核病棟に入院してから半年ぐらいあとに、ほかの私立の病院からうつってきた。

昔は、留置所のたらいまわしというのがあったそうだが、町田は、公立、私立、と四、五回、病院をたらいまわしにされていた。

もちろん、生活保護で金があるわけではなく、なにかあると、おれは池袋の××組の者だぞ、とガタつき、病院にも、患者仲間にもきらわれたんだろう。

この病院の結核病棟にきたときも、なんだ小汚い病室だ、臭いベッドだ、シケた食事だとわめきつづけた。ま、そうやって、ほかの患者にハッタリをかましたわけで、ほかの患者だって、ひどい病院だ、とおなじことを、いつもボヤいてるんだが、町田が枕頭台をけとばしたりしだしたので、木川が、うるさい、とどなった。

木川は法政を中退し、新宿で遊んでいたとかで、新宿の和田組のだれとか、東声会のだれとかは友達《だち》だったとか言い、自分では、この結核病棟の顔役みたいなつもりでいた。だから、木川は、病棟の顔役として、町田がガタつくのを、だまって見ていられなかったんだろう。

よう、おもてにでろ、ってことになった。もっとも、おもてといっても、病室の外の廊下だ。

そして、二人がむかいあったあいだに、砂子がわってはいった。

あとで、ヤクザどうしの喧嘩をとめに、女の砂子が……と結核病棟ではなしのタネになり、砂子自身もヤクザの女ではないか、と言われたりした。

しかし、ほんとは、おもてにでろ、とどなり合ったものの、町田と木川も、どうにもならないでいた。

今とちがって、そのころは、まだ結核患者がおおく、この結核病棟のベッドもたいていふさがっていて、ベッドに寝たっきりの患者のほかは、ほとんどの者が、病室の入口から顔をだして見ている。

せまい廊下だな、と町田は病棟へ廊下へ悪口を言ったが、なぐり合いをするのが、もういっくうになってたんだろう。

ヤクザどうしとはいっても、病人だ。(だいいち、木川はヤクザでもない) おたがい、やせっこけ、肩の骨が前にずりおちそうなカッコで、じつは、なぐり合いの喧嘩でもなかった。

とくに、町田は、この病院にうつされたばかりで、ヒューヒュー、笛をふくような、ひどい息をしていた。

そこに、砂子がはいっていったのだ。砂子は、九州の炭坑町で育ち、喧嘩は見なれていた。また、東京にでてきてからは、それこそ、新宿の和田組の飲屋ではたらいたこともある。それに、もともと、いきがるところもあった。スタンドプレイもきらいではない。東京にでてきたのも、新劇の女優になるためだ。

だが、それよりも、そのころの砂子はやけっぱちな気持でいた。結核になったのも、男のせいだとおもっていた。

砂子はその男の子供ができ、できたのなら生めよ、と男は言ったが、ちょうどそのころ、男がつい最近結婚し、女房に子供ができた、とよろこんで友だちにはなしてまわってることを知った。

男はカメラマンで、やせて背が高かった。砂子の父も、やせて、背が高かったという。父は、砂子が母の子宮のなかにいるうちに死んだ。結核で喀血し、血が気管につまって死んだときいた。

搔爬《そうは》手術など考えられぬ戦時中のことだが、戦後だったら、砂子は生れないで、母の胎内からおろされていただろう。

手術をして、男の子供を堕《おろ》したとき、砂子は、堕された自分のことをおもった。血におぼれて死んでいく、血のかたまりの自分……。

そして、砂子は血を吐き、この結核病棟にかつぎこまれた。

もう二年ぐらい前から、右肺に空洞ができていたんじゃないかな、と医者は言った。二年前といえば、男と関係ができたときだ。

わたしは死ぬために病院にきた、と砂子は寝かされたベッドのなかでくりかえした。手術なんかするものか……。

だが、熱にうかされながら、わたしは死ぬために……病院に……と毎日くりかえしてるうちに、砂子は、これは論理的におかしいんじゃないか、と、ふとおもい、おかしい、おかしい、とひとりでわらった。

町田がこの病院にうつってきたのは、そんなころだ。

木川も町田も喧嘩したあと、寝こんでしまったから、半月か、ひと月ぐらいたったときかもしれない。町田は砂子を飲屋にさそった。

町田は、そのあとも、ちょいちょい、病院をぬけだして、テキヤの商売《バイ》にいっていた。生活保護でもらう金だけでは、それこそ、ちり紙を買うのにも不自由する。

その日も、町田は商売《バイ》にいき、いくらか稼いできたんだろう。この病院は、山手線のある駅のそばからあまりはなれてないところにあり、近くに、ソバ屋や飲屋もある。

砂子が、酒好きかどうかはわからない。しかし、新宿の和田組のマーケットの飲屋にいたときも、客にすすめられると、よく飲んだ。たくさん飲めるのが自慢の年ごろでもあった。

この夜も、町田のほうが、さきにつぶれたようなカッコになり、砂子は、しっかりしなさいよ、と姐さんぶった声をだしたりした。

だが、熱があるので、舌にあぶらっぽい膜でもかぶせてるみたいで、ひさしぶりの酒だが、おいしくはなかった。

町田のからだをかかえるようにして、病院のほうにかえっていくとき、町田が、からむ口調になって言った。

「おれが病院にきた日、木川のやつをぶっとばそうとしたとき、おめえ、よけいなじゃまをしやがって……。おれは、女だからって、えんりょはしねえ。あのときは、がまんしたが……だいたい、がまんができない、こらえ性のない男で……それで、ヤクザになっちまったんだ。おめえも、気をつけろよ」

病人のくせに、それこそ、いきがるのはおやめなさいと砂子はおもった。木川となぐりあいの喧嘩ができるようなからだの状態ではなかったはずだ。廊下にでて、どなり合っただけで、寝こんでしまったじゃないの。

だが、砂子は、それはだまっていて、つい、つまらないことを言ってしまった。

「わたしは……どうなってもいい女なの」

「どうなってもいいって、どういうことなんだ？」

「だから、どうなっても、いいのよ」

「どうなっても……おめえ」

町田は言葉だけでなく、からだでもからんできた。線路ぞいの通りからまがると、道はくらく、砂利とか砂とかがおいてある空地があり、そこに、町田は砂子の腕をつかんで、ひきずりこんだ。

さっきまで、町田は酔いつぶれたカッコで、砂子によりかかってあるいていたのに、男の力は、女の目盛りからはずれた強さがあった。

しかし、町田が、男の力だけでおいかぶさってきたのなら、砂子は大きな声でさけんでいたかもしれない。

あらっぽい、理不尽な行為だが、理不尽なところに男の甘えがあって、砂子は抵抗はしたが、声はたてず、しまいには、息がきれて、町田に足をひらかせた。からだをひらいたわけではない、もちろん、心をひらいたわけでもない、足をひらいただけなのだ。……病院にかえり、ベッドにはいってから、砂子はくりかえしたが、つまらない小説の文句みたいで、だんだんバカらしくなった。

町田のからだの下になったとき、砂子は、もちろん、れいの男のことをおもった。だから、よごれたからだを、また、よごれた雑巾でふかれたような感じもした。

翌朝、砂子は、ベッドが砂でざらざらしているのに気がついた。前の晩、空地で町田におしたおされたとき、空地にあった砂がワンピースにつき、それが、ベッドのなかにはいったらしい。

砂子は、ベッドの砂をはらいおとしたが、あくる日の朝になると、まだ、ちいさな砂がのこってるようで、それから何日か、砂子はベッドをたたき、てのひらでベッドの上から目には見えない砂をはらいおとした。

そんなとき、町田がにやにやしながらやってきて、砂子は町田をにらみつけた。

「あんなことは、いっぺんきりよ。わたしは、もうどうでもいい女だけど、どうでもいいってことは、恥も外聞もなにもないんだからね。こん度なんかしたら、大声でわめいて、さけんで、食いついてやる」

「わかったよ。おっかない女だなあ」

町田は、手をふって、ボクサーがパンチをかわすような真似をし、その動作のかるさに、砂子はいくらかほっとした。

飲んだかえりの空地で、町田に足をひらかせたときも、町田のヤクザとして身がるさみたいなものが、砂子の頭のなかにあったのかもしれない。

この男なら、一度、からだをかさねてもそれこそやくざなふれ合いですみ、女と男としてむすびつかないですむのではないかといった……。

ミツエが病院に町田をたずねてきたのは、それから十日ぐらいあとだっただろうか。もうそのころは、砂子は、ベッドにはいりこんだ見えない砂をはらいおとすのをやめていた。

「おれの女だよ」

町田はミツエをつれて、病室で寝ている砂子のところにやってきた。あれっきり、おまえがやらせてくれなくても、おれには、こんな女がいるんだ、と見せつけるような気持も、町田にはあったのかもしれない。

ミツエはやっと二十《はたち》をこしたぐらいで、若さがしろくひかってるような肌で、うなじのあたりにはうぶ毛もはえ、ほんとにかわいく、フレッシュな感じだった。

だいいち、ミツエは病人ではない。病人は、歳は若くてもフレッシュさはない。たとえ、あかい、まるい頰っぺたをした患者がいても、なかに虫がくっているリンゴのようなものだ。

砂子は、ため息をつきたいような気持だった。

「かわいいわね」

「たいしたことはないさ」

町田の鼻をぴくつかせたような言いかたに、砂子はわらった。見せつけるというより、町田はミツエを見せびらかしたくてしようがないみたいだ。

ミツエとは、前の病院でしりあったという。ミツエは、その病院の炊事場ではたらいていたらしい。

しかし、こんなに若くて、娘っぽい女のコが、どうして、病院をたらいまわしされている肺病のテキヤなんかの女になったんだろう。

町田は、ミツエにも、あの夜、くらい空地で砂子にしたようなことをしたのかもしれない。

免疫がない人だわ、と砂子は胸のなかでつぶやいた。だけど、免疫がないから、またかわいいのだ。やわらかくて、ころころして、無防備な仔犬がかわいいように……。

自分も、このコみたいに、免疫がないころがあっただろうが、と砂子はおもう。

母の子宮のなかにいるうちに父は死に、母も、砂子が小学校にいく前に、故郷の川の水門に身をなげた。

それからは、兄妹もちりぢりになり、親戚のうちにあずけられてたが、だから苦労した、という気持は砂子にはない。だいいち、苦労という言葉はきらいだ。

砂子は、どこでも、男たちにモテたとうぬぼれている。それは、砂子がつまり積極的に男たちのなかにはいっていったせいでもある。

しかし、かわいい子、かわいい女と言われたことはない。世間的な考えでは勝気な性格で、そのためだろう。

近所の婦人科の医院で子供を堕《おろ》した日、たまたま、れいの男がアパートにやってきた。

そして、砂子が、やりたくない、と言うと（砂子は、そんな言いかたをした）男は、どうして、ときどきかえし、砂子はパンティを脱いで、血がにじんだ股の奥をひらいて見せた。

「あっち、こっち、ガキができたら、あんたもこまるんじゃないの」

男は、あとで、かわい気のない女だ、と砂子のことを、友人に言ったそうだ。

二年間も関係していて、そのあいだにほかの女と結婚し、子供ができたと無邪気によろこんでいる……たぶん、そういうのが、かわい気があるというんだろう。砂子は、なんども、ア、ハ、ハ……と声をたててわらった。

ミツエは、一日中、町田のベッドのそばにいた。ほんとに、ぴったり、一日中、町田のそばにくっついている。

床にすわりこみ、町田の手をもって、ベッドのはしに頭をもたせかけていたり、寒い日には、町田のベッドのなかにはいってることさえあった。

それが、町田とならんで寝ていても、ちっともいやらしく、なく、よけいかわいく見えた。

父も母も死んで、砂子が親戚のうちにあずけられてるときに中風で寝ているおばあさんがいた。

そのうちには、ほかにも、砂子とおなじ歳ごろの娘があずけられていたが、この娘が、やはり、一日中、べったり、中風のおばあさんのそばにくっついていた。

おばあさんは、中風といってもロはきけるので、二人で、あきもせずに、べちゃべちゃおしゃべりをしているのだ。

それこそ、朝から晩まで、寝ているおばあさんのそばにすわりこみ、おしゃべりをするか、居眠りをしている。ただ、それだけだ。

病室の掃除をするのも砂子で、おばあさんの汚いものの洗濯や、食事の用意なども、たいてい砂子がやる。そのほか、こまごましたことも、みんな砂子がやった。

つまり、病人の面倒をみていたのは、砂子なのだ。その娘は、ただ、一日中、病人のおばあさんのそばにすわりこんで……。

砂子がしゃくにさわったのは、病人のおばあさんが、砂子よりも、そんな娘をかわいがってることだった。病気のお見舞にもらったお菓子なんかも、砂子にかくして、その娘にやったりしている。

ゴマすり、おべっかつかい、能なし、なまけもの……砂子は腹がたったが、それ以上に、不可解なことだった。

一日中、働きどおしで世話をしている砂子がけむったく、ただ一日中、べったりそばにすわりこんでるその娘が、どうしてかわいいのだろうか？

しかし、それこそ朝から晩まで、町田のそばにくっついているミツエを見て、砂子は、かわいい、というのは、こんなことではないかとおもった。

あの親戚のうちでも、なにもしないで、一日中、病人のおばあさんのそばにいろと言われたら、砂子はどんな気がしただろう。

一日中、ばたばた、せわしなくしていたほうが、じつは性にあっていたのではないか。

あの娘にしても、ミツエにしても、たしかになまけものだろう。だけど、なまけものだから、かわいいのかもしれない。

そして、働きものとか、頭がいいとか、あるいは美人だとか言われるよりも、かわいい、とおもわれることが、女にとっていちばんうれしいことではないだろうか。

それにしても、ミツエは、編物をするわけでも、週刊誌を読むわけでも、患者たちでさえやっている内職の手仕事みたいなものをやるわけでもなく、ほんとに、よくなんにもしないでいられるものだ。

はじめ、砂子は、あけた窓から（真冬の夜でも、結核病棟の窓はすこしあけてある）ネコでもはいってきて、ベッドの枕もとにすわりこんでるのかとおもった。だけど、ネコにしては毛なみがながく、手でさわると女の頭で、ミツエが床に膝をつき、ふるえていた。

町田が、自分でテンパイ室と名をつけた重患室にいれられ、朝まで保たないだろうといわれてることは、もちろん砂子はしっていた。消灯時間の前には、木川が、町田の臨終トトカルチョに賭けないか、とも言ってきている。

「どうしたの？」

砂子はからだをよこにし、ミツエの髪をなでた。やわらかな、ほそい髪の毛だ。

あれほど、一日中びったり、町田のそばにくっついてたのに、町田が息をひきとろうとしているとき、ミツエは、なぜ、こんなところでふるえてるんだろう？

「町田さんは……？」

とうとう死んじまったのか、とは砂子もきけなかった。

「奥さんが……奥さんがそばにいるから……」

ああ、そうか……と砂子は町田の女房が病院にきてるのをおもいだした。

町田の命が時間の問題になり、病院では町田の女房をよんだ。町田の女房は、伊豆の伊東の飲屋ではたらいてるらしい。

なんの石かガラスか、青い四角な指輪を左手の結婚指輪のところにはめ、いかにも、温泉場の飲屋の女という感じで、亭主が危篤《きとく》で病院によびつけられたのを、迷惑がってるふうに見えた。亭主といっても、今は籍がはいってるだけだろうが……。歳も、町田より四つか五つは上みたいだ。

町田に女房がいることは、おなじ病室の者も、砂子もきいたことがなかった。ミツエもしらなかったという。

あれだけ、べらべらおしゃべりの町田が、女房のことだけはだまっていたというのも、砂子にはおかしい。

ミツエは、すっかりおどおどしてしまっていた。町田の病状がわるくなり、重患室にうつされたときから、もうどうしていいかわからない様子で、ただ、おろおろ、町田のベッドのそばにしゃがみこんでいたが、町田の女房があらわれて、ベッドのそばにもいられなくなったのだ。

まだそんなに寒い季節でもないのに、ミツエの首すじはつめたく、手をにぎると、手もほんとに氷のようにつめたく、それがかたかた指の骨がなるほどふるえている。

これは、あの世のつめたさではないか、と砂子はおもった。町田にくっついて、あの世につながるつめたさ……。

ほっとけば、町田が息をひきとるとき、このコも、ベッドのあいだの床で、つめたいからだになってるかもしれない。

「わたしのベッドにはいんなさいよ」

砂子はミツエの手をとり、ミツエは、ふるえながら、からだをまるくして、砂子のよこにはいってきた。

素直な動作だ。ミツエには、なにかにさからうとか、こばむとか、それどころか、ちょっと考えてみる、というようなところもない。

免疫のない娘……かわいい娘……昔風の娘という言いかたが、ミツエにはぴったりする。

御臨終トトカルチョを当てたのは、木川だった。皮肉なことだ、と砂子はおもったが、考えてみれば、べつに皮肉でもなく、ただの偶然だ。

町田の脈がきれたのは、町田の女房が泣きだしたのでわかった。重患室《テンパイ》で泣いている町田の女房の声は、夜明けの結核病棟によくひびき、砂子は、ふるえつづけるミツエの頭を布団のなかに抱きいれて、耳をふさいだ。

町田が入院してるあいだも、一度も見舞いにこず、だいいち、この病院に町田がいることさえ知らなかったかもしれない町田の女房が、厄介者の亭主が死んだからといって、大声で泣いている。女の涙というものは……砂子はよけいなことを考えてるとおもった。

町田が死んでも、ミツエは病院にいた。飼主がいなくなったあとも、その家にのこっているネコのようでもある。事実、ただじっとしているミツエはネコに似ていた。

そして、ミツエは、たいてい砂子のそばにいた。なつかれちまった、と、ミツエはかわいい娘だし、はじめは、砂子も悪い気持ではなかったが、二日、三日するうちに、うんざりしてきた。

ほんとに、なんにもしないで、ぼんやり、砂子のそばにいるのだ。

しかし、ミツエにすれば、いくところもないのかもしれない。砂子は事務長にはなし、病院の炊事場で仕事はないかきいてみた。ミツエは、町田が前に入院していた病院の炊事場にいたということだった。

病院でも、人手不足で炊事婦がほしいところだという。ミツエも、砂子にすすめられると、素直によろこび、砂子は、やはりミツエはかわいいとおもった。

もっとも、ミツエは炊事場では、あまり役にたたないようだった。キャベツもきざめないらしいのよ、前の病院の炊事場ではいったいなにをしてたのかしら、と砂子の同室の藤間のオバさんなんかは悪口を言っていた。

金山一男が入院してきたのは、ミツエが病院の炊事場ではたらきだしてから、ひと月ぐらいたったときだった。

金山一男は、とたんに、女の患者たちの人気者になった。北海道の生れとかで、骨太のいいからだをし、顔も造作が大きくて、はっきりしている。ただ、口もとはだらしなく、頭のにぶいのが、口もとにあらわれているようだった。入院するまでは、大工の見習いをやっていたという。

金山が入院してきて、それまで、若い男が結核病棟にはいなかったのに、女の患者たちは気がついたみたいで、金山の顔を見ると、からかったり、ひやかしたり、からだにさわったりした。

俗な言いかただが、金山のからだからは、若い男のにおいがぷんぷんしてるように、ほかの患者は（とくに女の患者は）おもったんだろう。砂子も、金山から、若い汗っぽいにおいをかいだ。

しかし、ほかの男の患者だって、若い男のにおいはしなくても、男のにおいぐらいしてもよさそうだが、男のにおいというものもしない。

それは、みんな病人だからではないだろうか。入院するすこし前、砂子は町なかの家の垣根にくちなしの花が咲いてるのを見た。しかし、鼻をよせても、ちっともにおわないのだ。

あれほど強いにおいのくちなしが……。砂子は、郷里の九州の町にいたころ、くちなしのにおいは強すぎていいやだった。

そのくちなしの花が、姿かたちは白くかわりはないが、ぜんぜんにおいがしないというのは、病《や》んでいるのではないか。

公害という言葉は、まだ世間ではあまりつかわれていないころだったが、東京の汚い空気に、このくちなしの花は蝕《むしば》まれ、病気になってるにちがいない……と、砂子はショックのようなものを感じた。

あのくちなしの花とおなじで、長いあいだ入院している患者たちは（結核病棟の患者は、たいてい、ながい病人たちだ）男や女のにおいがしなくなっているのだろう。それこそ、病人のにおいがするだけで……。

自分も、もう女のにおいがしなくなっているのか……だから、町田が死んだ夜、ベッドのなかで、ふるえるミツエを抱きしめていたとき、ミツエのからだの若い女のにおいが、あんなにあまく強くにおったのかもしれない。

自分が女のからだのにおいがしないのでひとのにおいに気がつく……砂子はかなしくなったが、ふ、ふ、とまたひとりでわらってしまった。

死ぬために、この病院にきたのに、女のからだのにおいがしなくなったといって、かなしむのか……だけど、女のからだのにおいがしなくなり、しまいには、ニンゲンのにおいもしなくなって死ぬなんていやだ。

ミツエが金山一男のそばにいるようになった。しょっちゅう、炊事場からぬけだしてきて、二人ならんで、ベッドに腰かけ、足をぶらんぶらんさせたりしている。

金山も口が重いほうだし、ミツエも無口なので、ただ、だまって、ふたりでくっついている。

もちろん、女の患者や男の患者もやきもちをやいて、悪口を言ったりしたが、それも、なんだかおさまってきた。

炊事婦が病室にはいりこんで、と悪口をならべていた藤間のオバさんも、「だって、あの二人を見ているとかわいくて……」と言いだした。

二人とも若くて、病人くさくない、若いにおいがして……大きな鳩のようにならんでよりそっている。

夕方、炊事場の仕事がおわってからは、ミツエは、ずっと、金山のそばにくっついたきりで、手をにぎりあっていたが、女の患者も、男の患者も、みんな二人のなかをみとめてるようなカッコになった。

昔は教員をやってたというある女の患者は「あの二人を、祝福してあげたいような気持ね」と言った。

町田のようなヤクザのそばに、ぴったり、一日中よりそっていて、かわいい娘だとおもったのに、その町田が死ぬと、またすぐ、男の患者とくっついて……という悪口も、ぜんぜんきかれなくなった。

結核病棟の患者たちは、この若いかわいいカップルを、自分たちのペットとして飼ってるような気持になってきたのかもしれない。

今では、ミツエにいちばん強い言葉をつかうのは、砂子になっていた。

そんなある日、砂子は金山を飲みにさそった。ミツエは、まだ炊事場にのこっていたが、そういつも、二人でべたべたくっついてるもんじゃないわよ、と砂子は金山をつれだした。

また、ミツエを飲屋につれていくなんて、まったく場ちがいな感じもあった。

金山はがっしりしたからだをしていながら、かんたんに酔って、重い口で、ぽつりぽつりだが、ミツエのことばかりはなした。

それで、砂子はいたずらっけをおこし、飲屋から病院にかえる途中、町田に足をひらかされた、れいのくらい空地のそばで、金山の首に手をかけて、キスをした。

すると、金山はむしゃぶりつくように、砂子の口を吸いこみ、だきよせた。

「ミツエとわたしとどっちがいいか、ためしてみる?」

砂子は、まだからかってるつもりだったが、そう言ってから、からだの奥で、熱い、しょっぱいものが、むらむらたちのぼってくるのを感じた。

これは、ただのいたずらっけではない。自分はミツエに嫉妬し、復讐しようとしてるのではないか。

町田とミツエがくっついていたのも、自分は、けっしてゆるしてはいなかったのではないか……。

金山は、さっきまで、ミツエのことをのろけてたのに、男の欲望をはっきりしめして、息まであえいでいる。

この男も免疫がないのだ。それに、女のからだをしったばかりで、自分でもどうしようもなく、男のものが熱く、かたくなっているんだろう。

自分は、この若い免疫のない男のからだをかりて、町田だけでなく、れいの男にも復讐しようとしたのではないか。

それどころか、新劇の研究所の先生たちや、今まで、砂子のからだにかぶさっていった男たちみんなをふくめ、男ぜんたいに復讐しようとする気もあったのかもしれない。

だけど、男ぜんたいに復讐なんて、それこそつまらないドラマかなにかのつまらない(インチキな)セリフみたいで、それだけ、自分が安っぽく、いやな女だ、と砂子はおもった。

金山が、ほとんどベッドのなかにいるようになった。結核菌で肺を侵されて入院してきたんだから、あたりまえのことだが。みんな、すこしへんてこな気持で、わざわざ、金山がベッドに寝てるところをのぞきにきたりした。

そんなこともわずかなあいだで、金山がベッドに寝てるのは、すぐ、めずらしくないことになった。だいいち、金山だって病人なんだし、まわりはみんな病人でベッドに寝てるのだ。

ミツエも、炊事場ではたらいてないときは、金山のベッドにはいって、ならんで寝ていた。それが、町田とのときよりも、もっとかわいく、ほほえましいほどに見えた。

町田よりも、金山のほうが歳の差がなくて、つまりお似合いの二人に見えたんだろう。

金山は、あいかわらず、骨太のがっしりしたからだつきで、寝ている布団のもりあがりかたから、ほかの患者たちとはちがっていたが、かたちはそのままでも、なにかがなくなっていた。生気がないというか……生気という言葉を、その文字どおりにとるならば、すこし残酷な言いかただ。

ある午後、金山の造作の大きな顔の目じりに、砂子は、冷えて、たるんだミルクの表面の皺《しわ》のようなものを見つけた。

へんに好色な感じの目じりの皺だった。好色ということと、若いということは、いっしょにはならない。

金山は、歳は若いまま、もう若くはなくなっているのではないか。

東京の町のよごれた空気に病んだ、あのくちなしの花が、しろく陽にはえて咲いてはいても、花のにおいがしなかったように、金山も、姿かたちは、若者のからだつきのまま、結核菌のために、若さをなくしてしまったのではないか。

そういえば、金山のからだからは、もう、若い男のにおいがしないように、砂子はおもった。

金山が死んだ。若いやつは病気がわるくなると、テンパイが早いからな、と金山が重患室にうつされたあと、御臨終トトカルチョの紙をもってきた木川が言った。

医者も、病棟の看護婦あたりから、ミツエのことをきいてたらしく、「おまえは病人なんだから、そっちのほうは、いいかげんにしろよ」と金山に説教していた。

金山が死んだのも夜明けで、ミツエは、やはり声もでないで、からだをがたがたふるわせていた。

しかし、それから半月もたつと、駅のむこうの旅館から、ミツエと木川がでてくるのを見た、という者があらわれた。

木川だけでなく、ほかの男の患者や、病院の事務所の男などとのあいだも、ミツエはうわさにのぼっていた。

うわさはほんとだろう、と砂子はおもう。だから、ある日、ミツエをつかまえてきいてみた。

「いろんな男と寝てるんだって」

ミツエは、かわいいピンク色の舌を、ちょろっとだした。

「だれの子かわからないような子どもできたらどうするのよ」

「子供はできるの」

ミツエはこたえた。できて、堕《おろ》したこともあるんだろう。

「あんたは、ほんとに免疫がなくて、気がいいんだから……男にダマされちゃだめよ」

ミツエには免疫という言葉はわからなかったらしいが、ききかえす表情もなく、はい、と素直にうなずいた。

珠子が病院にたずねてきた。そして、砂子の顔を見るなり、泣きだした。珠子は大柄な女だ。身長も一六六センチぐらいある。その珠子がうつぶして泣くと、ベッドがゆれた。

「ごめんなさい」と珠子はくりかえした。れいの男の子供ができたのだという。

珠子は、砂子がいた新劇の研究所でおなじ研究生だった。バカらしいはなしだが、おなじ先生にもやられている。そのあと、いっしょに、渋谷のバーにつとめたこともあった。

もちろん、珠子は、れいの男と砂子のあいだが二年ちかくもつづいていたことはしっていた。だが、砂子が入院したあと、男と関係ができたのだそうだ。

「庸《よう》さん（男の名前）も、子供が生みたいなら生めって言うし、わたし、庸さんの子供をうんで育てようとおもうの」

珠子は、大きな涙を、あかるくひからせて、ぽろぽろこぼした。

「しかし、あの男には、女房も子供もいるのよ。わたしも、子供がほしきゃ生めって言われたけど、さっさと堕しちゃった」

今は、もう、あんな男のことなんか、なんともおもってやしない……しかし、やはり、砂子は腹がたった。

「奥さんや子供のいることはしってるわ。でも、わたし、庸さんの子供がほしいの。愛しちゃってるんだもの。どうしようもないの」

「あとで後悔するのはわかってるのに……。それに、なにも、そんなこと、わたしにいちいち相談することはないじゃないの。わたしは、病人なんだし……」

「だって庸さんの奥さんはともかく、あなたにはすまなくて……でも、そういうことなの」

そういうことなのか……砂子は、ベッドのなかで声をたててわらった。

砂子とも珠子とも寝た新劇の研究所の先生は、ともかく、珠子のほうがかわい気がある、と言ったそうだ。あの男も、珠子のほうがかわいいとおもってるにちがいない。

ミツエがいなくなった。病棟でも顔を見ないし、炊事場にもはたらきにこないという。

「どこにいったかしりませんか?」と砂子は病院の事務所の者にたずねられたが、もちろん見当もつかず、「わたしなんかより、そこいらの男の連中にきいてみたら」と皮肉な返事をした。

それからしばらくして、この病棟にもよく出前にきていた近所の中華ソバ屋の若い店員が、店の金をもっていなくなってることがわかった。

れいの白い木綿のコック・ズボンをはいて出前にきていた男で、コック・ズボンの生地はうすく、たいてい前のほうがよごれていて、やせてるためか、ズボンの股のあいだからでっぱってるものが、いやでも目についた。

この男とも、ミツエは寝ていたらしい。

金山が死んだあと、ミツエがあれこれの男とのうわさがたちだしたころに借りた、病院のちかくの家の部屋を、砂子は、いくらか気まぐれもあって、たずねてみた。

戦後すぐに建てたのか、板壁が反《そ》って、ささくれだった、ひどい家だったが、鍵をかけてないミツエの部屋の入口にたって、砂子は足がすくむような気がした。

ミツエの部屋のなかは、もっとすさまじかったのだ。

傷が膿《う》んだところのように、茶っぽく、すりきれてへこんだタタミ。いつ買ってきたのか、あおじろくカビがはえて、部屋のすみにころがっている食パン。

炊事道具らしいものは、ほとんどないのに、病院の炊事場からでももちだしたのか、きいろく灰色に腐ったキャベツ。砂子が部屋にはいると、そのキャベツから、ちいさな虫が、むらがってとびたった。

机もなんにもない部屋だ。押入れの前に、古雑誌がほうりだしてあり、やぶれた表紙の下から、男と女のからまった青っぽい色の写真がのぞいていた。それとかさなった少女雑誌。

それに、窓ぎわから、押入れのなかまで、なんと、おびただしい数の安ウイスキーの空壜、焼酎《しょうちゅう》の空壜だろう。

これだけの安ウイスキー、焼酎を、あのミツエが、ひとり、この部屋で飲んだのか。中身がのこっている焼酎の壜があり、鼻をよせると、強い焼酎のにおいといっしょに、なにか生ぐさいにおいがした。そういえば、焼酎のなかに赤ぐろく澱《よど》んでいるものはなんだろう。

砂子は、ドリアン・グレイの画像にぶつかったような気がした。つぎからつぎに女をかえながらいつまでも若々しく、美貌のドリアン・グレイだが、その自画像は、奇怪に、みにくくおいさらばえていく――というオスカー・ワイルドの小説のはなしだ。

ミツエが、町田に手をひっぱられ、砂子のベッドのそばにきたときからどれくらいたっただろう。

町田が死に、金山も死に、ミツエはいろんな男とからだをかさねながら、ちっともかわらず、初々しく、若さがしろくひかるような肌をして、かわいい娘のままだったが……この部屋、こんなにごろごろならんだ安ウイスキーの空壜、焼酎の空壜に、男から蝕まれ、そして男も蝕んでいったミツエの女としての病状が、ドリアン・グレイの画像のようにあらわれているのではないか。

砂子は、ミツエの内部の荒廃を見たようにおもった。

荒廃なんて、これまた安っぽくつかわれる言葉だが、安っぽさも、ミツエのこの部屋の荒廃ぶりには似合っていそうだった。

ただ、砂子は、そんなふうにおもいながら、やはり復讐に似た満足をあじわっていることに、自分で気がついていただろうか。

そのあと、砂子はじだらくな気持で、大きな手術をうけることにきめた。死ぬために、この病棟にきたのだが、死なないでいるならば、じだらくな気持で生きてるよりしかたがない。

ナルキッソスの娘

森　奈津子

森《もり》 奈《な》津《つ》子《こ》（1966〜）

東京都生まれ。東京女子大学短期大学部英語科、立教大学法学部卒業。91年、少女小説『お嬢さまとお呼び！』で作家デビュー。90年代後半から一般文芸に進出。性愛をテーマにしたSF、ホラー、現代物を発表。00年、作品集『西城秀樹のおかげです』で第21回日本SF大賞候補。近著に『姫百合たちの放課後』がある。

父とカトリーヌの深刻な話し合いは、すでに二時間に及んでいる。

当時、八歳だった私は、隣室のベッドでシロと並んで横になっていた。シロは白犬のぬいぐるみだ。両目は黒いボタンでできている。

どうしても眠れなかった。当然だろう。隣室では父が恋人に責められているのだから。私が身じろぎをすると、シロは布団からはみ出してしまう。私は自分で布団を直せるが、シロは直せない。だから、眠りに落ちるまで私はじっとしていなくてはならない。

どうせ、目覚めたときには、シロは見当違いの場所――時には床の上――で発見されるのではあるが。

カトリーヌは泣いていた。父は弁解している。時折、カトリーヌの声が高まる。

あんな女のどこがいいの？　あなたはわたしを裏切ったのよ。わかってるの？　いつも、あなたはそうやってヘラヘラごまかすばかりよ。卑怯だわ！

やがて、カトリーヌの言葉は哀願の色を帯びてきた。

「お願い。あの人とは別れて。わたし、ずっと、あなたに近くにいてほしいの……」

そんな彼女の言葉に酔わされてか、苦悩する色男を演じている父の返事には明らかにうれしそうな響きがあった。

「ごめんよ、カトリーヌ。ぼくは彼女とは別れられない。しかし、きみとも別れることはできない。きみを愛しているんだ……うわぁっ！」

陳腐な台詞は哀れな悲鳴に呑み込まれ、そこにカトリーヌの怒声が重なる。

「殺してやる！　あんなババアのヒモになるって言うなら、殺してやるわ！」

カトリーヌは本気だ。そして、父は殺されてもしかたのない、ちゃらんぽらんな男だ。

私は跳び起き、シロを抱くと、パジャマ姿で走り出た。

「カトリーヌ、やめて！　ヒロシを殺さないで！」

私は父を名前で呼んでいた。父がそうさせていたのだ。

「こんな男でも、あたしにとってはたった一人の父親なのよぉ！」

カトリーヌの手には包丁があった。それを見て、私は彼女にすがりついて泣いてみせる作戦を却下した。下手をするとこちらが怪我をする。

結局、泣き落としの必要はなかった。必死の形相の父が私を抱きかかえ、外に飛び出したからだ。

私を抱いて、父は走った。カトリーヌの怒声はすぐに遠ざかり、やがて、聞こえなくなった。

夜気が肌に冷たかった。満天の星空には二つの月が浮かび、他の惑星に向かうシャトルの灯が見えた。

父の手によって運命共同体にされた私は非常に不満だった。

(あたしは逃げる必要なんてないのに！)

私はカトリーヌが大好きだった。カトリーヌも私をかわいがってくれた。彼女を交えた三人の日々は、いつも笑いに満ちていた。シロは彼女からのプレゼントだった。

私が知る中では父の六番目の恋人であるカトリーヌは、ペット・ロボットの職人だった。カトリーヌが作る本物そっくりの動物は高値で取り引きされていた。その一方で、彼女は古典的なぬいぐるみも愛していた。

心優しく聡明で陽気なカトリーヌに愚かな行動をとらせた父を、私は腹立たしく思った。

(あたしがヒロシだったら、絶対、カトリーヌを幸せにしてあげるのに……)

ゼエゼエと苦しげに息をしながら、父は私を石畳の道に降ろしたが、私が「冷たい」と言うと、あわてて抱きあげた。

この町の石畳は、巻き貝の化石でできている。石に閉じ込められた貝たちは、街灯にキラキラと輝いていた。

私は父の顔を見た。表情をこわばらせてはいたものの、彼が泣いてはいなかったので、私はさらにがっかりした。

父は女たちを愛した。そして、それ以上に、女たちに愛される自分を愛した。ナルシストはいつだって、他人ではなく自分に夢中だ。自分が愛した女たちの苦悩など、目に入っていない。

私を膝の上に乗せる格好でしゃがんだ父は、息を整えてから私に言った。

「カヤノ、新しいお母さんのところに行こう。もちろんシロも一緒だよ」

「あたし、カトリーヌのほうがいい」

泣きべそをかく私に、父は恥ずかしげもなく言ってのけた。

「新しいお母さんはね、カトリーヌの何十倍も何百倍もお金持ちなんだよ。すごいだろう?」

父の職業はジゴロ。育ちのよさそうなきれいな顔立ちを武器に、小金を持った女に近づき、寄生する。

そして、私はそんな父が十三歳のときの子供だった。

*

父は黒い髪に黒い目で、まるっきり大和民族の顔立ちだが、私の波打つ髪はライトブラウンで、目はやや緑色がかった茶色だ。

母とは死別していたが、その母の思い出話も、父が語るたびに少しずつ変化し破綻していった。

父より八歳上の踊り子だった母は、脚を痛めたことを悲観し自ら命を断ったことになっていた。その話にやがて「おまえが生まれたおかげで母さんは立ち直ったんだ」だの「脚を痛めたあとは酒場で歌っていたよ。きれいな声だった」だのといったエピソードが重なる。しまいには「彼女が橋の上から身投げしようとしたのを、通りがかったぼくが止めた。それがきっかけで、恋が芽生えたんだ」という実に劇的なことになっている。

そこで、母さんはどうして死んだのだと訊くと、「心臓発作だよ。元々、彼女は心臓が悪かったんだ」となる。なら、脚を痛めて自殺したダンサーは一体だれだったのだ？

その場限りで相手の喜びそうな話をし、自分もそれに酔い痴れる。そして、すぐに忘れる。法螺《ほら》吹きのくせに詰めが甘く、語る話はあちらこちらがほころびかけている。

愛すべき男ではあった。しかし、まったくもって、信用できない男だった。

カトリーヌと別れた父が私を連れて転居したのは、その惑星国家の第三の都市の郊外だった。

父はニナのことを私に「新しいお母さん」と話したが、なんのことはない、父は彼女の男妾《おとこめかけ》だった。ニナには夫があり、同時に、うなるほどお金もあったのだ。

ニナは惑星環境調査会社の経営者だった。会社が雇った調査員たちは未開発惑星に赴き、その環境が居住可能か、あるいは居住可能なレベルにまで調整可能か、それともまったく見込みなしかを判定する。

こぶつきの父を愛人に迎えたとき、ニナは四十九歳だった。筋が浮きあがるような痩せ方をし、苦悩に満ちた半生の証なのか、眉間には皺《しわ》が刻まれていた。

父と私が暮らすことになった小ぎれいな木造の家屋は、つまるところ妾宅《しょうたく》と呼ぶべきものだ。が、ニナはその家でほとんどの時間を過ごした。家事は通いの老家政婦の仕事だった。

私は離れの部屋を与えられたが、それは愛情ゆえではなかった。ニナは目ざわりな私をそこに追いやったのだ。

私は何度も、独りでぬいぐるみのシロに語りかけた。

「おまえはあたしを裏切ったりしないよね。あたしもおまえが大好きだよ」

ニナは父をかわいがっていたが、私には決して媚《こ》びようとはしなかった。子供嫌いの彼女は父を猫かわいがりする一方で、私を犬のようにしつけた。

初めて会ったとき、ニナは私が手にしていたシロを見て、眉間の皺をさらに深くしたものだ。

「まあ、なんて汚いぬいぐるみを持っているの。捨てておしまいなさい！」

私は心臓が縮こまるような思いでシロを抱きしめ、ずるい父は聞こえなかったふりをした。

私のおびえた様子に溜飲を下げたのか、そのときはニナもシロを見逃してくれた。

私の世界では、シロは生きていた。彼は、私が時々語りかけてやらないと寂しがる。もし、シロをうっかり床に落とそうものなら、私は「ごめんね。ごめんね、痛かったでしょう」と謝りながら撫でてやった。

それは私にとっては遊びではなかった。私は自分が散々味わってきた寂しさや痛みをかわいいシロには味わわせまいとしていたのだ。

父とカトリーヌは私と同じように、シロの魂を見ることができた。特にカトリーヌは、寝る前には必ず「おやすみ、カヤノ。おやすみ、シロ」と言ってくれた。

大好きなシロ。かわいいシロ。

けれども、ニナのような人から見れば、それは布で綿を包んで縫った物体でしかない。

そして、実はこの世界ではニナのほうが正しいのだ。私も二歳の幼児ではないのだから、そんなことはわかっていた。

以後、私はニナの前にシロを連れていったりはしなかった。私はニナを恐れると同時に、彼女に愛されたいと願ってもいたのだ。

そんな私の媚《こび》を知ってか、ニナはわざと私に辛く当たった。それは度々、しつけの範《はん》疇《ちゅう》を越えていた。

たとえば、父がちょっと席を外したすきに、私の手の甲をこっそりつねる。そして、父が戻ってくると、わざと私に言うのだ。

「おや、なんておまえは悲しげな顔をしているの？　ここの暮らしがそんなに気にくわないのかしら？」

私はあわてて「違います」と否定し、心の中で冷静に分析する。

（これも継子《ままこ》いじめと呼べるのかな？　あたしはヒモの娘だけど）

けれども、そんな分析で私の心が癒されることはなかった。

あるとき、私は勇気を出して父に告げた。

「ニナはヒロシの見てないところで、あたしに意地悪するんだよ。腕をつねったり、頭を叩いたり。テーブルの下で脚を蹴られたこともあったよ」

「なんだって！」

父はその事実に明らかに動揺を示した。私はひそかに期待した。父が私を連れてこの家を出てくれるのではないかと。

しかし、数秒のうちに父の頭の中ではさもしい計算がなされたようだ。次に彼が発した言葉は――。

「我慢おし、カヤノ。ニナは、ぼくとカヤノを養うために、一生懸命働いているんだ。時にはイライラしていることもあるだろう。許しておやり」

「じゃあ、ヒロシがあたしの代わりに、つねられたり叩かれたり蹴られたりしてよ！」

失望のあまり私が声を荒らげたところ、あのろくでなしはこたえたのだ。

「ぼくだって、よく、鞭で叩かれているんだよ。おまえは知らないだろうけど、ニナの寝室でね」

幼い私は愕然とした。父もまた、ニナに八つ当たりされていたのだ。それが私の見てないところで行われているのは、一応、ニナの情けでもあるのだろう。

もちろん、数年後には私も、それが一部の人にとっては性的な遊戯であることを知り、非常に馬鹿馬鹿しくなんとも情けない気分を味わうのだが。

「いいかい、カヤノ。大人には大人の事情がある。一応、愛しあってはいるけどね、実はニナはぼくの体が目当てで、ぼくはニナのお金が目当てなんだ。子供にはわからないだろうけどね」

それを聞いて、一気に阿呆らしくなったのを今でもはっきりと覚えている。娘の前で「ニナはぼくの体が目当て」とまで語っておきながら「子供にはわからないだろうけどね」ときたものだ。

残念なことだが、父は正真正銘のヒモであり、自分はヒモの娘であるということを、私は再確認せねばならなかった。

しかし、私は父を軽蔑することはできない。彼は私と似た者同士だ。

父はニナに媚を売って、私には冷淡なふりをする。私はニナの機嫌を損なわないよう、シロを単なる物として扱うふりをする。

金がある者が力を持つこの家で、私は四年を過ごした。

十一歳のときのことだ。

私は学校の遠足で水族館に行き、父とニナのためにペアのグラスを買った。父にはアザラシ、ニナにはイルカの絵が入ったものだ。洒落たデザインだったので、これならニナも嫌がりはしないだろうと思われた。

そして帰宅し、自室に入ったとき、ベッドに座らせておいたシロがいないことに気づいたのだった。私は蒼ざめ、部屋中を探しまわり、どこにもいないとわかると、バスルームや食堂にまで捜索の手を伸ばした。

玄関ホールの木製の飾り棚の下をのぞいているときに、ニナに声をかけられた。

「なにをしているの？」

「ぬいぐるみを探しているんです」

ニナの機嫌を損なわないためにもシロという名前を出さないよう配慮し、続けた。

「白い犬のぬいぐるみです」

「ああ。あの汚らしいおもちゃなら、捨てたわ。もう、ぬいぐるみという歳でもないでしょう？」

「どこに捨てたんです？」

私は声が震えないよう気をつけながら訊いた。取り乱しては、よけいに意地悪のとっかかりを与えるだけだとわかっていたからだ。

「拾うつもり？　なら、無駄よ。今日のごみは、もう回収されたわ」

私はその場に泣きくずれた。シロの名を繰り返しながら、泣きつづけた。

もはや、ニナがどう反応しようとも、かまわなかった。とっくに最悪の事態になっていたのだから。

大好きな、そしてもう会うことのできないカトリーヌが、私にプレゼントしてくれたシロ。無力で薄汚れていて、かわいそうな、かわいいシロ。絶対に私を裏切らず、いつも安らぎを与えてくれたシロ。

私だって、本当はシロが単なる物だということは知っていた。けれども、自然と湧いてくる愛おしさは抑えられるものではなかったのだ。

愛しく感じるということは、私にとってシロは生きているということだ。だから、彼はいつだって、話しかければ応《こた》えてくれた。

シロはだれも傷つけなかった。ニナでさえ傷つけなかった。

ただ、薄汚れていただけだ。シロにはなんの罪もない！

私はシロを守れなかったのだ。

もう、シロには会えない。どんなに願ったって、将来、どんなに私が偉い人間になったって、シロには会えないのだ。

気づいたら、ニナはいなくなっていた。私にそれ以上の意地悪をすることもなく。

私は立ちあがり、自室に戻った。もう、あたりは薄暗かった。

やがて、家政婦が夕食だと告げにきた。

私はおみやげのグラス二つを手にして、食堂に行った。すでにニナと父は食卓についていた。

私はグラスを二人に見せ、言った。

「おみやげを買ってきました。これは、ニナの分です」

そして、そのイルカのグラスを床に叩きつけた。ニナは面白いぐらいはっきりと顔をこわばらせた。同時に、ガラスが割れる音は、私の心も傷つけた。

次に、私はアザラシのグラスを二人に見せた。

「そして、これはヒロシに」

私は最高の笑顔を作って、父にグラスを渡した。父は眉をひそめつつ、それを受け取った。

ニナの顔がゆがむのがわかった。それはどうやら怒りのせいではなかったようだ。

「夕食はいりません」

私は言い残し、自室に戻った。そして、また、ベッドの上で泣いた。

泣いているうちに胸の昂《たかぶ》りは収まった。いくら泣いてもシロとは二度と会えないのだ。だったら、泣いてもしかたがないではないか。

しかし、深い悲しみは心の底に澱《おり》のように残った。

しばらくすると、父が部屋に来た。まずはニナを慰め、それからここに来たのだろう。

私が突っ伏しているベッドの、その足許に腰かけ、父は切り出した。

「カヤノ、なにがあったかは、ニナから聞いたよ。ぼくはね、やっぱり、ニナがいけないと思う。だけど、ぼくはニナに怒ることができないんだ。ぼくは弱虫だろう?」

確かに弱虫だ。しかし、それを娘の前で口にするとは、たいした勇気である。

「それに、シロにはかわいそうなことをしちゃったね。ぼくが知っていれば、シロをごみ箱から助け出してやることもできたのに」

そして、父もまた、ワッと泣き出した。

こうなると、私もせっかく止まった涙がぶり返してくる。しばらくの間、二人で一緒に声をあげて泣いた。

その一方で、私の心の中では、頼りない父に対する不安が確実に高まった。シロを守れずに泣くだけの父に自分が守ってもらえるなどとは考えないほうがよさそうだ。

ただ、少なくとも、父はシロが捨てられたことを嘆き悲しんでくれた。それだけで、私は慰められていたのだ。

なのに、翌日、父は失態を演じた。今にして思えば、それはまさしく「失態」だった。

「ほら、新しい子を買ってきたよ」

外出から戻ってきた父が私にさし出したのは、白い犬のぬいぐるみだった。シロの二倍は大きく、シロの三倍はフカフカしていた。

私は幻滅した。新しいぬいぐるみなど、いらない。私にとって命があるぬいぐるみは、シロだけだったのだ。

そのぬいぐるみがシロよりもずっと高級そうだったのも、私の怒りの炎に油をそそぐ結果となった。

(ヒロシから見れば、薄汚れたシロなんかよりもそのぬいぐるみのほうが、ずっと価値があるのね!)

高価なぬいぐるみを与えられれば私がシロを忘れるとでも? お金がある女性に簡単になびく父の価値観を自分にあてはめられた気がして不快だった。

「いらない」

かたくなに言った私に、父はぬいぐるみを押しつけるようにして持たせた。

「ほら、この子はカヤノに名前をつけてほしいって言ってるよ」

「いいかげんなこと言わないでっ！」

私はぬいぐるみを床に叩きつけた。

父はひどく悲しそうな顔をしていた。私は父の顔をそれ以上見ることができず、部屋に駆け戻った。

私は泣いた。心の中で父を責めた。けれども、いつしか私は自分を責めていた。せっかくの父の思いやりを、私は拒絶してしまったのだ。

床に叩きつけられたぬいぐるみ。それをかわいそうだと感じたその瞬間、白い犬には魂が宿ったのだった。

そうだ。あの子に名前をつけてあげよう。そして、父に謝ろう。

翌日、わたしはなにげなく父に訊いた。

「ねえ、あのぬいぐるみは？」

「捨てたよ」

父は子供のように泣きはらした目でこたえた。

「じゃあ、拾う。どのごみ箱に入っている？」

しかし、またしてもぬいぐるみは、ごみ回収車に持っていかれたあとだった。私は遅かったのだ。

だが、私は後悔をおもてに出さなかった。そんなことをしたら、私は父に謝罪する羽目になるだろう。そして、父を増長させるだけだろう。

私は冷ややかに「あ、そう」とだけこたえた。

人生において過ちと悔恨は波のように寄せては返す。

シロを巡る一連の出来事をきっかけに、ニナの意地悪は止んだ。その代わり、彼女は私に対して無関心を装うようになった。その心に悔恨はあったのだろうか？　どちらにしろ、私が目の前で反撃したことが彼女に衝撃を与えることになったのは確かだ。

こうして、ニナに石ころのように無視されることで、私は平和を得たのだった。

＊

十二歳で私は陰鬱《いんうつ》な家を出た。首都にある全寮制の女子校に入学したのだ。学費はニナが出してくれた。この点は彼女に感謝すべきだろう。

生徒の自主性を重んじる校風だった。自由を謳歌する者は同時に責任も負うものだということも、そこで学んだ。

緑の木々が茂る敷地に点在する古い木造の校舎、個性的な友人たち。新しい環境で、私は巣立った小鳥のように、思う存分羽ばたいた。

そして、私は父がいなくとも生きてゆけることを確信し、心から安堵した。いざというときに私を守ってくれるほど父は強くはない——そう気づいた頃から、私は親離れしようとひそかに悪あがきしていたのだった。

一方、父はといえば、私と離れたら急に寂しさが身にしみるようになったらしい。彼からのメールには「愛してる」の文字がいくつも躍っていた。甘ったるい父性愛に満ちたメール——私が七歳の女の子なら大喜びしただろう——が毎日のように届くのに対し、私は週に一、二度、きわめて事務的な近況報告を送るだけだった。多忙な時期には、私の返事はさらに滞《とどこお》った。

だいたい、父のメールは退屈なのだ。庭で薔薇《ばら》が咲いただの、屋根に雀が巣を作っただのと、どうでもいい報告が続き、最後には「いつでもおまえを愛してるよ、カヤノ」とか「おまえのことをいつも思っているからね」などという一文で締めくくられている。

しかし、父の「愛してる」の一言ほど信じられないものはない。その言葉に泣かされた女性が、一体過去に何人いたことか。

私の心をわずらわせたのは、メールだけではない。いきなり父から電話がかかってきて、なんの用かと尋ねると「べつに用はない。ただ、おまえの声が聞きたかっただけ」とくる。試験前にこれを何度もやられ、私はしばらくの間、父からの電話を着信拒否するようにしていた。

私は父の恋人たちとは違い、空虚な愛の言葉などありがたがりはしない。それがどうして、父にはわからないのか。

そこまで愛していると言うのなら、ニナの意地悪から私を守ってほしかった——などと、時折、恨みがましく思ったことも確かで、それがまた、私の心をかたくなにした。

まあ、おおかた彼のことだから、遠く離れた娘に「愛してる」と繰り返す自分自身に酔い痴れているのだろう。そう思い至ると、ひどく馬鹿馬鹿しい気分になり、芽生えたばかりの反感もシュルシュルと縮んでゆくのだった。

私は、楠《くすのき》の下の物置を改造した小屋を根城にしている「ピグマリオンの会」なる小さなサークルに入会していた。

メンバーは、中等部から高等部の生徒が六人。町でウェイトレスをしているアニタという美しい少女を招いて、年二回、彼女の一人芝居を上演するというのが、その活動だった。

私たちはアニタのために台本を書き、大道具や小道具を作り、舞台衣装を縫い、演技指導をする。

アニタは人間ではなく、身も心も人間そっくりに造られたアンドロイドだった。波打つ黒髪に青い目、理想的な曲線を描く体。人形に恋をしたピグマリオンのように、私たち六人はアニタを崇拝した。

私が入会した時点で、ピグマリオンの会はすでに八十年続いているという話だった。

「わたしを愛してくれたお嬢さん方の中には、もう、亡くなられた方も多いわ」

二百年の時を生きるアニタは私たちを「お嬢さん」と呼んだ。その、あどけなさの残る顔で。

アニタがウェイトレスをしている〈麒麟《きりん》屋〉という名のカフェは、夜には酒場となる。そこはピグマリオンの会のOGのたまり場になっていた。

また、〈麒麟屋〉の常連の中には、かつてのアニタの恋人たちもいた。相手がどんな男性であっても、別れ話を切り出すのは決まってアニタだったという。

その理由を、あるときアニタに訊いたところ、その人造美少女は微笑みながらこたえた。

「人生っていうのはね、お嬢さん、出会いと別れの積み重ねなの。出会った人とも、いつかは別れる。人は死ぬまで、出会いと別れを繰り返すのよ。人生の中で、一番大きな出会いは、なんだかわかる？　それは、誕生よ。人は母から生まれることによって、世界そのものと出会うの。そして、一番大きな別れ――それは、死なの。死ぬことによって、人は世界そのものと別離するの」

アンドロイドがこのような人生観を持っていることに少々驚きながら、私は彼女の話を聞いていた。

「わたしは、人の何倍も長く生きることができるわ。だから、恋人と長い間交際していると、やがてはその人と死別することになってしまうの。残されるのはいつだって、わたし。だからね、わたし、恋人とは五年以上おつきあいしないことにしているの。わたしは弱虫だから、愛する人の死が恐ろしくてしかたないの。そんなものを味わうくらいだったら、別れてしまったほうがましなのよ」

彼女は恋人たちを深く愛していたのだ。だからこそ、自分から別れを告げずにはいられなかったのだ。

ふいに、切なさに胸が締めつけられ、私はアニタを抱きしめていた。

「わたしも、あなたより先に死ぬことでしょうね。だけど、わたしが死んでしまったあとも、わたしがあなたのことを大好きで、あなたの幸せを願っていたことは、忘れないで」

十八の夏休みには、私はアニタを連れて父が暮らすあの家を訪れた。毎度のことではあったが、私が滞在している間、ニナは顔を見せなかった。

あいかわらず父は若々しく、とても三十一歳には見えなかった。ただでさえ若すぎる父親だというのに。

私はアニタを校友として紹介した。

「カヤノの父です。娘がいつもお世話になっております」

にこやかに挨拶する父は、まるで田舎芝居で父親役を演じる村の青年のようだった。

部屋に案内して二人きりになったとき、アニタは私に言った。

「あなたのお父様、ずいぶん若いわね」

「美容に金をかけているのよ。顔しかとりえのないジゴロだから」

「そんなことを言っては、お父様がかわいそうよ」

アニタは優しく私をたしなめた。あんなどうしようもない父親でもアニタはかばってくれたので、かえって私は安堵した。

三日目、父はこっそり私を呼んで言った。

「カヤノ、ひどいよ。ぼくをだましたね」

「だましたって、なにがよ？」

「おまえの友達のことだよ」

「え？　アニタがどうかしたの？」

「彼女、人間じゃなくてアンドロイドだっていうじゃないか。しかも、学生じゃないって！」

私は面食らい、質問を重ねた。

「どうして、わかったの？」

「彼女に交際を申し込んだら、言われたんだよ。『わたしは愛されるために造られたアンドロイドですので、人間様に貢《みつ》いでいただくのが大好きなのですが、それでもよろしいですか？』って。あのかわいい顔で『アンドロイドはお人形と同じで、ひたすらかわいがられるために造られましたのよ。ホホホ』とか言っちゃってさ。ああ、怖い。あやうく、むしり取られるところだったよ」

「ちょっと待って！　娘の友達にまで手を出そうとするなんて、どういうこと？」

私は父に詰め寄った。心の中では「アニタのほうが一枚上手だったわ」と安堵しながら。

「靴を見たんだよ。靴。相手がお金持ちかどうかは、靴を見ればわかるんだ」

知識をひけらかすことができたのがよほどうれしいらしく、得意げに続ける。

「彼女の靴、知ってる？　あれ、マリア・アリアのAZシリーズだよ。普通の学生は、あんな靴、履いてないよ！」

私の知らないブランド名まで出して、父は力説する。

おそらくアニタは、崇拝者の一人からその靴をプレゼントされたのだろう。

「学生であの靴を履いてるとなれば、だれだって、彼女をどこぞのご令嬢かと思うよ！」

私は呆れはてた。金持ちの女性なら、娘の友人でも口説くのか！

怒鳴りつけたいのをこらえ、私は静かに言った。

「ヒロシにはニナがいるでしょう？　彼女に知られたら、追い出されるわよ」

「いや、実は、もう、ニナとは別れたんだ」

「えっ？」

驚いた。そんな話は初耳だった。

「彼女には新しい恋人ができたんだよ。この家は、手切れ金代わりにもらった」

「別れたって、いつ?」

「去年の秋」

なんと、ニナは一年近くもの間、別れた愛人の娘である私の学費を払い、生活費を銀行口座に振り込んでくれていたのだ! 彼女の意外な懐の深さに、私は感謝するよりも先に仰天した。

「ぼくもニナと別れてからしばらくして、恋人を作ったんだけどさ、すぐに別れちゃったんだよね。『やっぱりあなたとは合わないわ』とか言われちゃってさ……。ねえ、カヤノ。まわりに、いい人いない?」

——娘になんという相談をするのだ。

なにが「いい人いない?」だ。それはこっちの台詞である。とっとと「いい人」とやらを見つけて勝手に幸せになってくれ、だ。

部屋に戻ると、私は父の非礼をアニタに詫びた。

彼女はクスクス笑いながら言った。

「カヤノ、あなたもお父さんの手練手管《てれんてくだ》を見習ったら?」

一体、父は彼女にどんなモーションをかけたのか、私は非常に気になったものの、アニタはニヤニヤするだけでついに教えてはくれなかった。

やがて私は高校を卒業し、寮を出た。大学の学費は、奨学金に頼った。

実は、大学進学に関しては、ちょっとしたゴタゴタがあった。父に猛反対されたのだ。

帰ってきてくれ。一緒に暮らそう。ぼくは寂しいんだ。愛しているよ、カヤノ。

そんな言葉を父は重ねた。不治の病にかかって気が弱くなったかと疑ったほどだった。

私は肉親の情愛というもののわずらわしさを、いやというほど思い知らされた。それは程度の差こそあれ、ほとんどの子供が感じることで、理想的な親離れに至るきっかけにもなっているのだろう。が、父のしつこさに私はほとほとまいってしまったのだ。

だいたい、寂しいからという理由で娘の足を引っ張る父親が、どこにいる？

いっそ電話口で「娘はペットじゃありません！」としかりつけてやろうかとも思ったが、私は寸前でその言葉を呑み込んだ。

とにかく、父はおのれの欲望を口にせずにはいられない性格なのだ。女たちに甘やかされ、とことん堕落しているのだ。

情けない口調で「寂しい」と繰り返す父に、私は訊いてやった。

「まだ、恋人はいないの？」

とたんに受話器の向こうで父がフンと鼻で笑ったのがわかった。

「いやだな。こんなセクシーなぼくに、恋人がいないわけがないだろう？ガールフレンドなら掃いて棄てるほどいるよ」

得意満面でこたえるその表情が手にとるようにわかり、こちらはまたしても阿呆らしい気分になってしまった。

「なら、娘のことも掃いて棄ててください」

「カヤノ！　父親に向かって、そんな言い方はないだろ！」

「じゃあ、たまには父親らしくしてください」

「なんで、いちいち、つっかかってくるんだよっ。だったら、もう、カヤノのことなんて、知らないよ！」

まったく父親らしくない台詞を吐いて、父は電話を切った。あからさまにすねてみせるとは、まるでわがままな小娘だ。

寮を引き払う際、私は父に新しい連絡先を教えたが、父から電話がかかってくることはなかった。

正直、せいせいした。このまま何度も連絡をとっていれば、いつか決裂するに決まっている。

しかし、本格的に決裂する前に、父との別離はやってきた。

少し前からニナの惑星環境調査会社に勤務していた父は、ある星系に向かう途中、小型宇宙船ごと行方不明になってしまったのだ。事故の疑いもあったが、宇宙警察からはそれらしき報告はなかった。

しかも、父がニナから与えられたあの家は、すでに彼の手で売却されていたのだ。おそらく父は新たな女性と恋に落ちて、彼女にくっついて他の惑星に移住してしまったのだろう。

ニナもそう考えているようで、少しも騒いだりはしなかった。

私は、二十歳になっていた。

＊

ああ、年老いたな、と思った。初めて会ってから二十年近くが経過している。ニナはすでに七十近いはずだ。

そして、この十数年の間に、彼女は所有する会社の規模を十倍にしていた。

私も歳を重ね、今年で二十六だ。大学を卒業した後、脚本家として二つの賞をとり、そこそこ名も知られるようになった。

「あなたに伝えなくてはならないことがあるわ。それから、渡さなくてはならないものも」

そう言って、ニナは私を呼び出したのだった。

チャイニーズ・レストランの個室で、私とニナは一つのテーブルを囲んでいた。

負の感情というものは、年を経るごとに薄れてゆき、ついには消滅するものらしい。私たちはおだやかな時間を共有できるまでになっていた。

ニナは初めて私に敬意を示してくれた。私も彼女に、十代の頃に受けた経済的援助に関し、改めて感謝の意を伝えることができた。

窓の外には高層ビルが林立している。その谷間には飛行車が飛び交い、ホログラムCMが浮かびあがっている。

どこかでカモメが鳴いていた。海が近いらしい。海岸はコンクリートで四角くかたどられているにちがいないが。

挨拶と近況報告が一段落したところで、ニナは静かに切り出した。

「実はね、六年前にヒロシが宇宙船ごと行方不明になってしまったというのは、嘘だったの」

私は箸を落とす前に、そっと置いた。落ち着いているつもりだったが、手が震えた。

「ただ、今では本当に、行方知れずなんだけど……」

「どういうことですか？」

自分の胸の鼓動を抑えるためにも、私は静かな口調で訊いた。

「ヒロシはあえてあなたの前から姿を消したの。わたしは彼にたのまれて、あなたに嘘を伝えたのよ」

「なんのために、そんなことを？」

「ヒロシには昔から口止めされていたことなんだけど……もう、彼はいなくなってしまったから、いいわよね。実はね、カヤノ、彼はアンドロイドだったのよ」

私は驚愕した。

父には散々驚かされてきたが、ここまでびっくりしたのは初めてだった。

確かに、人間と見分けがつかないほど精巧なアンドロイドが存在することは知っている。その一人がアニタだった。

けれども、まさかあの父がロボットだったとは。あの、単純で適度に愚かで、陽気なナルシストが！

言われてみれば、不自然なところはあった。父が語る母のエピソードは、ころころ変わった。そして、確かに彼は老いなかった——が、私はそれを金をかけた美容術のせいだと勝手に信じていたのだ。

「二十五年前、惑星フジで内戦が起こったとき、彼は傭兵としてその星に赴いたそうよ。そして、戦場となった村であなたを拾ったの。あなたを抱いて倒れていた女性は——あなたによく似ていたというから、お母さんでしょうね——すでに事切れていたそうよ」

思いもよらなかったおのれの出生の秘密は、まるで他人事のように私の心に響いた。

「ヒロシは『美しい死者に恋をしたんです』と語っていたわ。生きている間に会いたかったと彼が願うほど、美しい人だったのね。ヒロシはその人の娘だと思われるあなたを拾って、懇意だった村長にあなたを預け、戦争が終わってから引き取ったそうよ。その後、あなたは成長していったけど、当然、ヒロシが老いることはなく……」

そして、父は私のことを自分が十三歳のときの子だと、苦しい嘘をついていたというわけか。

「あなたには本当の父親だと最後まで信じていてほしかったのね。彼はわたしの許を去るとき『カヤノには行方不明だと伝えてください』って言い残していったわ。それから三年間は、わたしも彼と連絡をとろうと思えばとることはできたのよ。それがね、三年前、もう一度傭兵稼業で一稼ぎするって連絡があって……それっきりよ。あとから調べたら、惑星アマノの戦場で行方不明になったことだけはわかって……」

最初から、父は頃合いを見て私の前から姿を消す覚悟で生きてきたのだ。私の大学進学に猛反対し「寂しい」と繰り返したのは、そのせいだ。「寂しい」というのは、自分から姿を消す覚悟があっての心情だったのだ。

彼はメールや電話で、しつこいほど「愛している」と繰り返した。限られた時間の中で私に愛情を伝えようと、彼は懸命だったのだ。そして、自分が姿を消した後も、私がその言葉を思い出して安らぎを得られるようにと、彼は願っていたにちがいない。

熱い涙が私の頬を伝った。

「なんで、そこまでして、人間のふりをしようとしたんでしょう。バカですね。彼がアンドロイドでも、わたしの心は変わったりしないのに」

そして、父がアニタにモーションをかけたことを思い出し、なんだかおかしくなった。彼女の正体を知り、父はどんなに焦ったことだろう。もしかしたらアニタは、父がアンドロイドだということに薄々勘づいていたのかもしれない。

たちまち、嗚咽《おえつ》は泣き笑いになる。

ニナは私を慰めるように言った。

「彼はあなたにとって本当の父親でありたかったのよ」

私はずっと、彼のおままごとにつきあわされてきたのだ。けれども、それは深い愛と香り高い毒に満ちた、最高に刺激的な遊戯だった。

「それからね、わたし、ずっと、これをあなたに渡さなければと思っていたの」

ニナは私に紙袋を渡した。中身を取り出して、私は驚いた。それは、シロの代わりにと父が買ってきた白い犬のぬいぐるみだったのだ。

「彼が捨てたのを、わたし、こっそり拾っておいたの」

「ニナ、どうしてあなたが……？」

「わたし、あなたが大切にしてたぬいぐるみを捨ててしまったことを、ずっと後悔してたの。あなたにはかわいそうなことをしてしまったって、あとから思って。だけど、あの頃はわたし、あなたに謝ることができなかったわ。それどころか、本当はあなたに謝りたい

んだっていうことも、わからなかった。ただ、ヒロシが捨てたそのぬいぐるみを拾ってお
くことしかできなかったのよ。……ごめんなさいね」
　私はぬいぐるみを胸に抱いた。
　それは少しも古びていなかった。十五年前のあの日が甦る。
　十一歳の私は父の前で、このぬいぐるみを物として扱った。
　アニタが父にモーションをかけられた際に言った言葉も、私は思い出した。
『アンドロイドはお人形と同じで、ひたすらかわいがられるために造られましたのよ』
　人間に創造されたという点では、ぬいぐるみもアンドロイドも同じだ。かわいがられる
ために造られたぬいぐるみが娘の手で床に叩きつけられるのを見て、アンドロイドの彼は
どれほど傷ついたことだろう。
　ああ、こんなふうに、父の前でこのぬいぐるみを抱けばよかったのだ。そして、彼を喜
ばせてあげればよかったのだ。こんな簡単なことが、なぜ、あのときの私にはできなかっ
たのだろう……。
「カヤノ、実はね、わたしはあなたに嫉妬していたの。ヒロシはあなたのお母さんにひと
めで恋をしたなんて言ってたわ。だから、ヒロシは成長したあなたを恋人にするつもりで
拾ってきたんじゃないかって、わたし、邪推して……。わたしは老いる一方なのに、あな
たは美しく育っていって、どんどんヒロシにふさわしい女性に近づいてゆくように見えた

思いもかけなかったことが、次々と明かされる。正解とは言いがたい形で完成したパズルをもう一度バラバラにして、正しく並べ換える作業に、それは似ていた。

「ヒロシはあなたに自分のことを『お父さん』とは呼ばせなかったでしょう? 名前を呼ばせていたでしょう。ヒロシ、って。それがまた、わたしのつまらない憶測につながったのね。ヒロシはあなたの父親でいるために、いつかは姿を消す覚悟で生きてきたというのに、わたしは……」

しばらくの間、言葉が出なかった。私は嗚咽をこらえ、やっとのことで訊いた。

「ニナ。父はもう、死んでいると思いますか?」

自分自身に対しても厳格なニナは、きっぱりとうなずいた。

「ええ、亡くなっていると思うわ。残念なことだけど」

彼女の目にも涙が光っているのに気づき、私はあわてて目をそらした。ここまで涙が似合わない老女も珍しい。

アニタは言っていた。

『一番大きな別れ――それは、死なの。死ぬことによって、人は世界そのものと別離するの』

父はもう、この世界からどこかに飛び立ってしまったのだ。もし、天国というものが本当にあるのなら、死んでしまったアンドロイドの魂も迎え入れてくれるのだろうか？

そのとき、窓の外で琴の音が流れた。「春の海」だ。

ふと、そちらを見やる。

ビルの谷間にホログラムＣＭが浮かびあがっているのが見えた。映像はミニチュアの地球だ。

『地球を想《おも》いながら、あなたを想いながら、今宵も一献』

そのナレーションの声に聞き覚えがあることに気づき、私はハッとした。次の瞬間、映像は着物姿でグラスを傾ける男性の姿に変わっていた。

「ああっ！」

私とニナは同時に声をあげ、立ちあがっていた。

酒をおいしそうにクイッと一口呑んでにっこりと笑ったのは、父だったのだ。その右下には小さく「ＨＩＲＯＳＨＩ」というキャプションまである。

『ああ、やっぱり、日本の酒は月桂冠《げっけいかん》』

そして、映像は巨大な一升瓶に変わった。

「あの子……てっきり死んでしまったと思ってたのに……」

「いつの間にタレントに……！」

やはり、彼の一世一代の大嘘——死んだふり——も、ここに至って、ほころびが出てしまったというわけか。

その場限りの嘘を重ねるから、あとで辻褄が合わなくなってしまうのだ。今度、ヒロシに会ったら、注意してやらなくては……。

ああ、それから、このぬいぐるみに名前をつけよう。その名前を、彼に教えてあげよう。彼の目の前でこのぬいぐるみを抱きしめて、頬ずりしてあげよう。

窓の外を呆然と見ていたニナはつぶやいた。

「とんでもない人……」

「本当に」

同じく呆然とした口調で、私もこたえた。

そして、数秒の間をおいてから、私とニナは同時に笑い出したのだった。

鍵

有吉玉青

有吉玉青《ありよしたまお》（1963〜）

東京都生まれ。早稲田大学文学部哲学科、東京大学美学藝術学科卒業。90年、母・佐和子との日々を綴った『身がわり』で第5回坪田譲治文学賞を受賞し、作家デビュー。その後渡米し92年、ニューヨーク大学大学院演劇学科を修了して帰国。主な著書に『ニューヨーク空間』『ねむい幸福』『キャベツの新生活』。

駅に久美さんを迎えに行く。久美さんは学生時代からの親友なのだが、なぜか「さん」をつけて久美さん。そうとしか、呼んだことがない。

久美さんと会うのは三年ぶりだ。この三年の間に私は結婚をし、先に結婚をしていた久美さんは一女の母になった。そして二人とも、三十二歳になっていた。

今朝は起きると、夫が歯を磨いている間から落ち着かなかった。部屋を片付けたくて仕方がない。

夫がいつもよりゆっくり朝食をとっているような気さえして苛《いら》ついていたのだが、「ごちそうさまでした。いってまいります」と言って、やっと出掛けた、その途端に散らかっていた新聞や雑誌、三日前にとりこんだままソファにかかっていた洗濯物を寝室に押し込んだ。すると、これは片付けにどんなに時間がかかることかと思っていたけれど、なんのことはない。久美さんなら、久美さんだけなら通せる部屋になった。久美さんは私のことをよく知っていて、今さら気取る仲ではないのだから。

それから掃除機をかけ始め、いったんスイッチを切ったら、背後で声がしたので心臓が止まった。夫が忘れ物を取りに帰ってきていたらしい。

夫は、

「掃除をしてくれて、ありがとう」

と言ったのだった。

掃除をしているところを見られてしまった。目を合わせずに、

「妻として当然のことでございます」

そう言って、またスイッチを入れると轟音を鳴らして掃除機をかけ始める。「いってらっしゃい」と、さっき笑顔で送り出したのだ。もう一度、笑顔を作る必要も、同じせりふを言う必要もないだろう。

ダイニング・テーブルの上にあった爪切りや鉛筆や電卓、体温計、お店のマッチや化粧品のサンプルを、とりあえず本棚の本の前にあいたスペースに置いてゆく。そうしてテーブルの上もきれいになると、スーパーに買い物に行った。開店したばかりのスーパーは、野菜が水をふきかけられて、きれいに並んでいる上にすいていて気持ちがいい。

少し気の早い〝秋のきのこフェア〟のポスターを見て、お昼はきのこのパスタを作ることにした。久美さんの大好物だ。それからサラダ。卵をきざんで散らして、ミモザサラダにしよう。材料と、お茶うけにスナック菓子も買って帰ってくると、卵を茹でて刻み、き

のこと野菜も切って冷蔵庫に入れた。そんなふうに準備万端整えて、アパートを出たのだ。

からりと晴れた爽やかな日、いつしか軽く走り始めていた。こんな快活な気分は久しぶりだ。

調子よく走っていったが、ふと立ち止まり、引き返した。視界のはしを行き過ぎたピンクの看板が気になった。このケーキ屋は、チーズケーキがおいしい。久美さんと食べたい。

二ピース頼んでから、三ピースにした方がいいかと迷い、結局そのまま二ピースの入った箱を受け取って駅に行くと、ちょうど久美さんが改札を出てくるところだった。

肌が白く、瞳が鳶《とび》色をして、くっきりとした顔立ちの久美さんは少しエキゾチックだ。あいかわらずのショートカット、すらりとした体型に、白いTシャツとジーンズというシンプルなスタイルがよく似合う。久しぶりで忘れていたけれど、そんな姿に出会うとき、私は一瞬立ち止まり、私たちはどうして仲がいいのだろう？　と思う。

けれどやがてそのささやかな疑問は、久美さんの屈託のない笑顔の中にとけてゆくのだったが、その日の久美さんは胸にたすきに紐をかけ、子供を背負っていた。手には大きなバッグを持っている。

久美さんが子供を連れてくることはわかっていたが、連れてくる具体的な姿を想像していなかった。久美さんは、もうお母さんなんだな、あらためてそう思うと、すぐには近づいてゆけなかった。けれど久美さんの方が私を見つけ、

「久しぶり！」

と、いつもの笑顔を見せた。

「久しぶり。なんか緊張しちゃう」

私は冗談めかして言ったが、久美さんは、

「何、言ってンの」

とかわし、でも少し照れたように笑った。

「はじめまして、あゆみです」

体をS字型にくねらせて子供を傾け、挨拶をさせようとする。髪の毛が天然パーマでくるくると巻いているあゆみちゃんは、久美さんそっくりの目がぱっちりとした子供だ。この子もまた美人になりそう。

私はおそるおそる小さな爪のはえた子供の指をつまみ、出来るだけ親しみをこめて「こんにちは」と言ってみたのだが、あゆみちゃんは意外なほどの力で手を振り切り、顔を逆に向けて背中に甘えた。

拒絶されたようで、私は密かに傷ついたが、

「ごめん、この子、はにかみ屋でね。慣れたらすごいから」

久美さんは子供を、弾みをつけて背負いなおす。

私は気を取り直して久美さんの持つ大きなバッグを引き受けると、歩きながら、

「なんか、これ胸を強調してエッチ」

久美さんの胸を指さした。あゆみちゃんを背負って、胸にたすきがけに縛られた紐の間からは、にゅうと二つの胸が形も露《あらわ》にはみでていたのだ。

久美さんは呵々と笑うと、

「この間まで、カンガルーみたいに前にぶら下げていたんだけどさ、もう重くて、おんぶしか出来ないんだよ。それで、この子守スタイルだあ」

腰を手にあて、わざと胸を張ってみせた。ああ、やっぱり久美さんは、前と少しも変わらない。

「それならさあ、いっそねんねこを着てほしいな」

すると、

「頭には〝ターバン〟ね」

二人は、顔を見合わせてくっくと笑った。久しぶりに会ったのに、こうして同じ絵を思い描けるのが嬉しい。あれを〝ターバン〟というのかどうかわからないが、赤子を背負う日本の子守はたいていねんねこを着て下駄をはき、頭に布をまいている。

そして、手には風車。

大きなバッグを私に渡したあとの久美さんの手には、自分の家のそばで買ったというシュークリームの箱があった。

「けっこうおいしいんだ。一緒に食べようと思って」

「そんな、いいのに。私も用意してあるのに」

私も、チーズケーキの入った箱を持ち上げた。

「まあ、全部食べたらいいさ。時間はたっぷりあるんだから」

と、久美さんが言った。

*

「で、どうするよ」

部屋のダイニング・テーブルにつくなり久美さんが、私の目を見据えるようにして言った。

部屋の中を、あゆみちゃんが走りまわっている。その軌跡を見るともなしに目で追って、

「まあ、お茶でもいれるね」

私はキッチンに入ってチーズケーキとシュークリームを冷蔵庫に入れ、お茶をいれた。

どうするか、いろいろと考えていることはある。けれども、いざ問われると口には出せ

なかった。出してしまうと、あとには引けなくなるような気がする。

それにしても、子供というのはずいぶん忙しく動き回るものだ。初めての家がおもしろいのだろう。玄関で久美さんの背中からしゅるしゅると降ろされて紐をとかれ、靴を脱がせてもらうなり歓声を上げて走り出した。

その走り方がまた、なんともたどたどしい。頭ばかり大きくて足が短く、バランスが悪いのだ。それなのにももを上げすぎる、細かく手も振りすぎだ。あ、トンといきなり、頭から転んだ。白いオーバーオールを着たあゆみちゃんは、そこに小山のようにうずくまり、一拍おいてから空気をつんざく勢いで泣き出した。久美さんが抱き上げてあやす。

「大丈夫？」

これは落ち着いて話どころではないかもしれない。

「平気、平気。こんなのしょっちゅう」

意外と簡単に泣き止んだあゆみちゃんを立たせると、久美さんは大きなバッグから何やら取り出し、自分の顔の横に得意げに掲げて見せた。

「子供には、ビデオを見せておきましょう」

ビデオをデッキにセットすると、画面にはディズニーのキャラクターが現れて、にゅるにゅると自在に形を変え始めた。あゆみちゃんは涙も乾かないうちに、見事にそれに吸い寄せられてテレビの正面にぺたりと座った。目を見開いて瞬きもせず、画面に見入っている。

やれやれ、と久美さんは首を振りながらテーブルに戻ってくると、

「今日は、徹底的に話し合おう」

茶碗に残ったお茶を、ぐい呑みのようにして飲み干すと両肘をつき、手を組んで顎を乗せた。

結婚をして、二年が経つ。

広告代理店に就職をし、そのままキャリアを積んで行くのだろうと思われた久美さんが、案外早く二十七歳で会社の同僚と恋愛結婚をしたあたりから、家で結婚をしろとうるさく言われるようになった。ずっと聞き流していたのだが、いつかそんなことが自分にもあると信じながらも、これといった恋愛経験のないままに三十を迎えようとしたあたりから弱気になって、親の勧めるお見合いをした。誠実そうな人だという印象から結婚を決心した相手は、リサーチ会社に勤める二つ年上の男性だった。

一年目は、夢中で過ぎた。夫はやさしかったし、それまで知らなかった人と暮らすこと、そしてこれからずっと一緒にいて、子供も作ることになる不思議に、あれはたぶん興奮していたのだと思う。子供は、結婚を機にそれまで勤めていた会社を辞めるつもりでいたのが、不景気で後を引き継いでくれる人がいず、ままならなかった。それで勤めている間は無理だと、あきらめてはいたのだが。

二年目になると、少しだけ結婚生活に疑問がわいてきた。どうしてこの人は、靴下を玄関で脱ぐのだろう。ネクタイを外す前に、ズボンを脱ぐのだろう。ご飯が出来たと言うと、手洗いに立つのだろう。お風呂を出るとき、蓋をしないのだろう。どれもそんな他愛のないことだったが、生活はまさに他愛のないものの集積であり、そして結婚とは、やっとわかったことには生活だったのである。

けれど何かをあきらめたところには、将来を穏やかに保障された安心感があった。そんな中でようやく念願の退社がかない、やっと子供が作れる、子供がほしい、体の内側から、まるで今しかないと脅されるかのように信号が発せられ始めた、そこに妙な事件が起きたのである。

帰宅の遅い日が続いたので、ほんの冗談で「浮気でもしてるの？」と尋ねたところ、夫のズボンを脱ぐ手が止まったのだ。途中まで下ろしたズボンを引き上げて、ベルトをしめるところまで行きかけてやめ、それからまた膝のあたりまで下ろすと、まず右足を抜き、そのとき左足がよろけて右足がズボンを踏み、態勢を立て直して左足を抜いた。

人がズボンを脱ぐ行為の一部始終を、ここまで凝視したことは初めてだった。まるでスローモーションで脱いだかのように、ひとつひとつの動作が脳裏に鮮明に焼き付けられたが、夫もその間に腹を決めたのだろうか。まだネクタイの締まるワイシャツの下は、私がふざけて買ってきたウルトラマンのついたトランクスに裸足という間抜けな格好で、「ごめん」と脱力したように頭を下げた。

尋ねたとはいえ、疑いを持っていたわけでは少しもなかった。そして、あまりにも心の準備がなかったために、夫が謝ったその拍子に、自分の中のどこかが麻痺してしまったようである。

普段どんなふうに夫と接していたのかを忘れてしまい、何をしてもぎこちない。夫は夫で、こちらがしかるべき行動に出るのに脅えているように見える。帰宅は早く、いつもより長い夜を、緊張して言葉少なに過ごした。どちらかが発した言葉にいちいち意味を感じるも、おそろしくて確かめられない。

あれは、それから三日ほどして、夫のワイシャツにアイロンをかけているときのことだった。

ふと、ボタンがとれかかっているのを見つけると、突然、激しい感情がこみあげてきて、そのボタンを引きちぎった。すると、そのワイシャツをめためたに引き裂いてしまいたい衝動にかられ、思いきり引っ張ったのだが、ワイシャツは破れない。そこではさみを出してきて、背中の真ん中に、十字に切れ目を入れてみたのである。そうして再び引っ張ると、ワイシャツは、ぴりぴりと小気味のよい音をたてて自在に引き裂かれ、縫い目ではぴっぴと弾けるように布が分かれた。

そこには不思議な快感があり、憑かれたように破き続けていたのだが、やがて単なる布きれになったワイシャツをまるめると、今度は情けなくなって涙が出た。声を上げて泣いた。自分はいったい何をしているのだろう？　裏切られたんじゃないか。それなのに、一日着ただけで汚れてしわくちゃになるワイシャツを洗濯し、こうして丁寧にアイロンをかけている。

誰かとむしょうに話したくなって、そうして初めて久美さんに電話をした。しょっちゅう電話をかけあってはくだらない話をして笑ったり、たまに集まったりする友達もいるのに、その中の誰でもなく久美さんと話したかった。

この正月に久美さんからもらった年賀状に、「すっかりご無沙汰してしまいましたが、こちらもだいぶ落ち着きました。今年はゆっくり会いたいね」と書いてあったことが、心の中に小さな灯をともしていたのだろう。久美さんとのご無沙汰は、どこかでずっと気になっていたのだ。

結婚をすることにしたと電話をしたときに、私は初めて久美さんの妊娠を知った。そんなことを少しも聞いていなかったし、なんとはなしに久美さんは、子供を作らず仕事をしてゆくような気がしていたから、あゆみちゃんはいきなり久美さんのおなかに入ったという印象がある。

久美さんは、具合が悪いと言って結婚式には来てくれなかった。その後、生まれたとも何とも知らせてこなかったので気になってはいたが、翌年の元日に、私たちの結婚の報告をかねての年賀状と、子供が生まれたことの報告をかねての写真入りの年賀状がやりとりされることになった。

出産祝いは贈らなかった。もう生まれてから日は経っていたし、こちらの結婚のお祝いももらわなかったからというつまらない理由に加えて、子供ができたことも、生まれたことさえ知らせてくれなかったという、もっとつまらないことが好意に待ったをかけていた。

学生時代はいつも一緒にいた二人だったが、お互い社会人になり、そうしょっちゅうは会えなくなっていた。そして、何でも真っ先に知らせなくてはいけないこともないのだが、少なくとも自分はそうしていたのだ。いつも連絡をとったり誘ったりするのは、自分の方ばかりだったことにも思い及んだ。そして久美さんが先に結婚をし、子供もできたことを自分に遠慮しているのではないかと思うと、それが自分の想像に過ぎないことは知りながらも腹が立った。やがて久美さんの誕生日が来ても、いつものようにカードを送るのを我慢した。

そんなふうにしてこちらからも敢えてご無沙汰を続けていたところにもらった年賀状、その添え書きだったのである。

「どうしてるかなと思って」

ものすごく勇気を出したのに、ふと思いついたふうを装ってかけた電話を、久美さんは喜んでくれた。簡単にお互いの近況を機嫌よく、私の場合は大事な部分を抜いて報告しあったが、ようやくその大事な部分を「実は」と言って話し始めた矢先、あゆみちゃんがむずかって、電話のわきで大声で泣き始めた。久美さんはときどき受話器を置いて機嫌をとったのだが、効き目はなかった。仕方なくあきらめて、話が中途半端なまま電話を切ると、あとから久美さんが電話をくれて、都合のいいときに訪ねて行くからと言ってくれたのだった。

「正直に言えばいいってもんじゃないけど、まあ、可愛いよね。いい人じゃない」

久美さんは組んだ手に顎を乗せたまま、真面目な顔をして言った。

「悪かったたって言うんでしょ。相手とももう終わってるって言ったたって、この間言ってたじゃない。魔がさすことは、人間、あるんだし、あっちも今つらいと思うよ。どうしても許せないっていうんじゃなければ、許してあげなよ」

落ち着いて、ゆっくりと語りかけてくれる久美さんの声に包まれて、

「たぶん、許してるんだと思う」

私はつい、本音をもらした。

たぶん許している、そんな自分がいやなのだ。裏切られたのに、裏切られたと言って泣いて出てゆけないのが悔しい。大恋愛のはてに結ばれた相手なら、そんなふうになれたのではないか？　そう思うと、夫よりも自分自身を呪いたくなる。

久美さんとの電話から今日で一週間、料理以外の家事はあえて放棄している。もともと得意ではなかったのを、結婚したのだからと張り切ってやっていたのだ。ばかばかしい。ただ、料理は好きだ。そして昨日は、なぜか夫の好きな天ぷらを揚げた。

「あほらし、うまくいってるんじゃん」

久美さんは、両手を頭の後ろに組んで反り返った。

「失敗したけどね。外ばかり熱くて、中が半生だった」

ひと口食べて、まるで自分みたいだと苦笑して、電子レンジで火を通した。夫の方は黙って食べて、あとでおなかを下していた。

ずっとこんな状態が続くのだろうか？　気を遣って、そろそろと暮らしてゆく。生活に何の安らぎもないならば、やめてしまった方がよくはないか？

「そっかあ」

久美さんは、頭の後ろの腕をほどいてため息をついた。

「どうしてダンナもあっさり認めちゃったのかな。知らない方がしあわせだったよね」

そうだろうか。今となってはわからない。もうその想定自体が不可能だ。知ってしまったら、もっと早く知りたかったとしか思わないだろう。何も知らないで夕飯の献立をあれこれと考えたり、苦手な掃除や部屋の整理に奮闘したり、一緒にテレビを見て笑ったり、大きな不満を小さな幸福で相殺して心を暖めていたなんて、思い出しただけでも惨めな気分になる。

気分を変えよう。「お昼にするね」、と言って立ち上がった。

材料は準備してあるから、お湯をわかし、パスタを茹でている間にサラダを作り、ソースを作るだけの手間だった。

フライパンの上ですぐにしんなりしたきのこに味をつけ、途中で味見をしてもらおうと久美さんを呼んだのだが、返事がない。そのうちにパスタがちょうどよい固さになったので、独りでやることにした。

学生時代、私はよく久美さんの下宿に泊まりに行った。一度、このパスタを作ったら久美さんが気に入って、以来、泊まりに行くたびに作ったのだ。久美さんに乞われて、作るために泊まりに行ったこともある。ここは久美さんを驚かせよう。

仕上げにあさつきを散らし、得意げにキッチンから出てくると、久美さんはあゆみちゃんを膝の上に乗せ、一緒にビデオを見ていた。時々顔をのぞきこんでは画面を指さし、何かを教えている。カーテンごしに差し込む光が、二人をやさしく包んでいた。

お皿を持ったまま、そこに立ちすくんでいた私に気がついて、

「あ、スパゲッティだ、スパゲッティだ。あーちゃん、よかったね」

久美さんは、あゆみちゃんの小さな両手を持って、大袈裟に何度も合わせると、あゆみちゃんを立たせてビデオを止めた。

ひと口食べて、久美さんは、「やっぱりおいしい」と瞳を輝かせ、「懐かしい下宿の味」と言った。その反応は期待通りだったが、スパゲッティという言葉が、私の中でこだましていた。そういえば、子供のときは、パスタなんて言わなかった。だからお母さんになると、子供に合わせてスパゲッティと言うのだろうか？

久美さんは、子供用の小さなフォークを持ってきていた。それにスパ、ゲッ、ティ、をからめてふうふう吹くと、立ったままひばりの子供のように口をあけるあゆみちゃんに食べさせたが、あゆみちゃんはひと口ふた口食べると、もう部屋の中を走り始めた。

「お口に合わなかったかなあ」

隠し味に、昆布の粉が入れてある。

「ううん、ごめん。この子、あんまり食べないのよ」

久美さんが困ったように言った。

「家でなら口をこじあけても食べさせるんだけど、今日はまあいいや」

それで――、話が本題に戻ろうとしたときに、あゆみちゃんが得意げに顔をふくらませて戻ってきて、拳骨をつくった丸い手を、背伸びをしてやっと届いたテーブルのはしに置いた。

小さな手がすべりおちると、そこには青い貝殻があった。

「あれえ、こんなの、どこにあった？」

去年の夏、夫と海に行って拾った貝殻だ。箸置きにすると言って持って帰ってきたのに、そのままテーブルの上に転がっていて、いつかなくなったもの。

「いけません。勝手に持ってきちゃ」

それでもあゆみちゃんは楽しそうに口をすぼめてぷうと吹き、笑いをそこここにふりまきながら、とことこと走ってゆく。子供はいるだけで、そこが明るくなるようだ。

どこへ行くのかと見ていたら本棚の前で止まった。どうやらあゆみちゃんは、本棚の本の前にあいたスペースに無造作に置かれていたものを取ってきたらしい。

以前、雑誌で収納の特集を見たら、本棚は、本の横幅の深さにしないと本の前にものを置いてしまって雑然とした印象になると書いてあって膝を打ったことがある。わが家はまさにその通りで、本を置いた前にできたスペースが、こまごまとしたものの格好の置き場となっている。

そこから、あゆみちゃんは今度はボタンを持ってきた。

小さな白いボタンは、この前、ワイシャツから引きちぎったそれかもしれない。布は捨てたのに、ボタンはひょいとそのあたりに置いたのだろうか。

たぶん何かのパーティーを手伝ったときに服につけさせられたのであろう安全ピン付きリボン、銀行のおまけでもらった貯金箱、石がとれて、金具だけになったイヤリング、おつりに混じっていた古い十円玉……。あゆみちゃんはいろいろなものを持ってくる。こんなことをして何がおもしろいのだろうと思うが、一度に持ってこずに、いちいち出掛けていってはひとつひとつ持って来るのがいじらしい。

私は、それらを机の上に意味もなく並べていたが、そのうちに、

「人の家だと怒らないと思って、もういいかげんにしなさい」

久美さんは、あゆみちゃんを後ろからひょいと抱きかかえた。一瞬、自分の体が宙に浮いたことにきょとんとしたあと、あゆみちゃんは、ばたばたと手足を動かして抵抗する。

そんな様子が単純におかしくて口元を緩めていたが、ふと気がつくと、久美さんが私の顔を見て、満足そうにほほ笑んでいた。

そして、探るように、

「ねえ、子供ってどうなの?」

「どうって?」

全く予想していなかった質問に、心臓が一度、大きく音をたてて鳴った。

「結婚して二年でしょ」

「仕事、やめられなかったから……」

咄嗟に口から、今となっては古い理由が飛び出した。

「あいかわらず律義だねえ。でも、作らないつもりじゃないわけだ」

私は無理やり笑顔を作り、

「どうして、そんなこと聞くの？」

するると、

「ほら、子供のことって聞きにくいことなんだよ。ほしいのになかなか出来ないんだったら悪いし」

なぜ今そんなことを聞くのかと聞いたつもりだったのだが、どうやら私の質問は、一般的なそれとして受け取られたらしい。

久美さんは暴れるあゆみちゃんに往生していたが、結局抱え込んで座ると、まるでその勝利に気をよくしたかのように弾んだ口調で、

「作ってみない？　おもしろいよ。それに子供ができれば、ダンナもへんな気を起こさないって」

「……そうかな」

私はいきおい不機嫌になって、それは確かに顔にも出たはずだったが、久美さんは平然と、

「そうだよ」

「でも、そんなふうに思って作るのっていやだわ」

「そりゃそうだ。でもさあ、じゃあどうすんの？　別れちゃう？」

自分からは口に出せなかったが、人の口から出ると、それは思っていた以上に衝撃的な

言葉だった。

別れたいのだ、ほんとうは。許さないで出てゆきたい。出てゆくのに、夫の浮気は正当な理由だろう。けれど自分に、そんなことが出来るのだろうか？

バツ一になってしまう。また結婚ができるだろうか。また勤められるだろうか。何も特技がないのに、仕事があるだろうか。そもそも、自分は一人になれるのか？　それがわからないから、今度のことは実家の両親にも話せずにいる。話したら、母はおろおろとただ心配するだろう。父の方は、帰って来いと言うかもしれない。そして帰ってしまったら、私はもう戻れないと思う。

だから、自分の気持ちが決まるまでは誰にも言わないでおくつもりだ。それでも久美さんだけには言えたのに、子供とは、話がひとつ飛んでいる。

それに、子供のことは、ちょうど考えていたのだ。そこに事件が起きたから、子供はかえって遠い問題になった。こんなこと、自分にもあるのだろうか？　もう三十二歳だ。

私は、久美さんみたいにしあわせじゃない。きれいで、頭がよくて人気があって仕事ができて。恋愛結婚をして、子供も産んで。そして仕事もやめてしまった。電話でしばらくは仕事をしないと聞いたときは意外だったが、才能があるのにやめるなんて素敵だ。理想的ではないか。久美さんは、ぜんぶ持っている。そんな人に、私の気持ちなんてわかるものか。

久美さんはあゆみちゃんを膝の上に立たせて遊び、同じ顔をして笑う。すぐにこの親子は二人の世界を作る。やがてあゆみちゃんは大あくびをして久美さんの腕に抱かれ、軽く背中を叩かれながら揺られているうちに眠ってしまった。

それを認めてこちらを向いた久美さんの顔には、あゆみちゃんを見ていたときのやさしさが残っている。

「作ってごらんって。可愛いよ」

そのとき、私の中で何かが弾けた。

＊

目の前に並ぶ貝殻やボタンや貯金箱を、なぜかすごく長い間見ているような気がして顔を上げると、久美さんがあゆみちゃんの眠りのリズムをとっていた手を宙で止めたまま、私の顔を見ている。どうやら私は、自分が普段心の奥底にしまっていたものを、いっきにぶちまけてしまったらしい。

言い出したら、止まらなかった。憧れも信頼も、親切な気持ちも、心の奥底に渦巻くどろどろとした闇を養分に咲く花にすぎなかったのだろうか。

とっさに目をそらしたが、久美さんは吐息に声を混ぜたように「あはは」と笑うと立ち上がり、お人形のように眠るあゆみちゃんをソファの上に寝かせた。バッグからバスタオルをしゅるしゅると取り出し、その上にふわりとかける。バッグからは、何でもが出てくるようだ。

テーブルに戻ってくると片肘をついて私を見つめ、それからまたあゆみちゃんの方に顔を向け、久美さんは、

「この子、夫の子じゃないって言ったらどうする？」

と、つぶやくように言った。

ん？　こちらを向いて、妙にさめた表情で眉を上げる。

「どういうこと……」

私は、少し笑っていた。にわかには信じられないものの、たぶんほんとうであろうことに出会うと、顔は情けなく歪んで笑っているのと近い顔になる。

ビデオが消されて、あまりにも静かだ。聞こえてくるのは、あゆみちゃんの健やかな寝息。自分の心臓の音が、大きくなってきた。

何か言いたいのだけれど言葉が見当たらず、ただあふれてくる思いだけがあって、

「なんてことしたのよ！　どうするのよ！」

久美さんは一瞬、私の語勢に押されたように身を引いて、それからちらりとあゆみちゃんの方を気にしたようだった。

私は声を落として、

「ご主人は、知っているの？」

今度はおずおずと尋ねると、久美さんは首を振り、

「悪いことをしたと思ってる。でも、もう今さら仕方がないでしょ」

確かにそうかもしれない。でも。

この三年の間に何があったのだろう。私は混乱した頭で、この三年のことを思い出そうと試みる。

最後に会ったのは、確か日曜日だった。めずらしく久美さんの方から誘われて、イタリアン・レストランでランチをし、そのあと仕事があると言われて驚いたのを覚えている。仕事のできる人は違うな、そう思ったところに、何度も、「だから今日は家にかけないでね」と、念を押された。

あれは、今夜は私と出掛けると言って家を出てきていたのだろうか。そのときは、「会ったばかりで、電話したりしないわよ」と笑ったのだが。

次はもう、私が結婚を知らせた電話だ。あのときは、どんな気持ちでいたのだろう。結婚式に来てくれなかったのも、そのあと音信が途絶えてしまったのも、それどころではなかったからだろうか。

でも、どうして言ってくれなかったのだろう。もっとも、言ってくれたからといって、何かいい助言が出来たかどうかは心もとないが、思えば久美さんから相談を受けたことが

ない。そうしたところで何か解決するわけではないことを、よく知っているのだ。知りながらも、こうして久美さんに相談を持ちかけてしまう私は何なのだろう？

久美さんは、一人で悩んで一人で結論を出したのだ。もう、すべて考え抜いたことであるのに違いない。いっときの心の迷いの責任を一生とり続ける。そうしてずっと、ご主人を欺いてゆく——ご主人が知る可能性は、ないのだろうか？

このことを知っているのは、久美さんと私と、相手の男はどうなのだろう？　いずれにしても、この二人ないしは三人が秘密を守れば問題はないのかもしれない。世のしあわせは、案外そんな秘密協定の上に浮かんでいるものなのかもしれない。少し前の私のしあわせがそうだったように。

ひとりでぐるぐると考えていたが、やがて久美さんは、ふーとため息をついた。

「うそだよ、う、そ」

呆れたように久美さんは笑い、

「変わってないねえ、すぐ本気にして。そういう素直なところが、いいところなんだけど、はっきり言って面倒くさいところでもある」

「びっくりさせないでよ」

いきなり体の力が抜けて、私はシートからずるりと体をすべらせた。

久美さんは、昔からよくこういうことをして、私をからかう。外国で飛び級をしたから、ほんとうは皆よりも年下なのよね、夜になると遠吠えをしたくなるのよね、知ってる？　南半球の蛍は頭が光るんだよ。たくみな話術と間合いに、久美さんのエキゾチックな雰囲気も手伝って、何でもがまことしやかに聞こえる。そうしてテンションが高まったところで、「うそだよ」と言って外すのだ。そんなとき私は、まただまされたとふくれながらも、久美さんの剛気にふれたような気がして嬉しくなるのだった。

でも。とりあえずほっとしたけれど、なぜだろう、いつものようにきれいに闇が晴れはしなかった。心のどこかで、そうあってほしいと思っているのだろうか。

おそらくは一生誰にも言わないつもりだったのに、少しだけ心のタガがゆるんで、その隙間から、秘密がぽろりとこぼれ落ちたのだろう。あるいは打ち明けてくれたのを、私が話を聞こうともせずになじったために、言ったことを後悔して、もうこれは言わない方がいいと思いとどまったのではあるまいか。

「よく見てよ。この子、うちのダンナにそっくりじゃない」

わからない。結婚式で久美さんのご主人とは会ったけれど、もう五年も前のことで、どんな顔をしていたかなんて忘れてしまった。それに、子供は久美さんに似ている。

あらためて見比べるつもりで、あゆみちゃんの寝顔から久美さんの顔に視線を移すと、

「あー、もう言わなきゃよかった。面倒くさいなあ。あんまりしあわせだ、何でも持ってる、なんて言うからア」

久美さんは、顔をしわくちゃにして、今まで見たことのないほど慌てているようだった。一度、脱力して椅子の背にもたれると、また気を取り直したように背筋を伸ばし、

「うちだって、いろいろありますよ。でも、要するに何が言いたかったかっていうと、子供を作るといいよってことなんだよ」

うん、と頷きながらも、私はまだまだ疑っている。

「別れないでいるのは、やっぱりダンナのことを好きだからなんだと思う。好きって、ときめくとかそういうのじゃなくて、ずっと一緒にいるうちに思い出がふえて、もう今更離れられない感じっていうのかなあ」

私は、言葉の意味をあれこれと考える。真実に興味がある。久美さんは、好きな人がいたのだろう。子供もできた。でも、その人は久美さんを捨てて去っていった。そんな意地悪なストーリーを作ってみる。

「どんな夢を描いているのか知らないけど、子供って、できちゃうんだよ。うちもそうだったもん。そしてできたら、もう他のことどころじゃないの。……不義理も重ねてしまった。結婚のお祝いもまだだ」

あるいは、浮気をしていたら、ご主人との間に子供ができたのだろうか。もしかしたら、どちらの子供かは、久美さんもわからないのだったりして。そんな映画を見たことがある。確か二人の父親候補が娘をとりあって、鑑定をすることになるのだが、娘は、どち

らのパパも好きだと言って、その鑑定書を破いてしまうのだ。

「子供、作りなよ。絶対、後悔はしない。もしそのあとで別れても、半分はその人の子だなんて、思わないよ」

「どうして？」

想像に忙しく、久美さんの話を半分聞き流していたのだが、ふと気になって尋ねてみた。

すると、

「子供は、自分のものだから」

久美さんは、敢然と言い放った。

あらためて見直すと、さっきまでの動揺はどこにも見当たらず、その顔は自信に満ちあふれていた。

久美さんの言葉は、どうにでもとれる。久美さんは必死に自分の失言をなかったものにしようとしているのかもしれないし、あるいはほんとうに、すべて久美さん得意の嘘なのかもしれない。ようするに、何が真実なのかはわからないのだが、真実はひとつだけあって、それは子供が久美さんのものだというその一点なのだ。

闇が、今度こそ晴れた気がして久美さんの顔をまぶしそうに見つめていると、久美さんはテーブルの向こう側から顔を寄せてきて、

「ねえ、まだ疑ってるでしょ」

「大、丈、夫」

私は、ひとつひとつの音節を大切に発音すると、うきうきとコーヒーをいれ、チーズケーキを出した。

そのうちにあゆみちゃんは目がさめて、もそもそと動き始めた。コーヒーの芳香があゆみちゃんの鼻をくすぐったのかと思ったが、久美さんはあゆみちゃんを抱き上げて、おしりに鼻をあてると、

「あれ、ちょっと失礼」

あゆみちゃんは、床にごろりと寝かされて、下半身はあられもない姿になった。バッグから、次々といろいろなものが出される。ほんとうに、このお母さんの袋には、ありとあらゆるものが入っている。

久美さんは、手早くおむつをかえる。あゆみちゃんの両足を、片手で足首を持って持ち上げると、あゆみちゃんは桃色に染まった。

この子が大きくなったら、私は、「おばちゃんは、あゆみちゃんのおむつをかえたのよ」と言うのだろうか。自分が誰かに言われたようなことを、自分も言う。思春期になったなら、「結婚式で言っちゃうぞー」と言って、きらわれるのだろう。

「ごめん、これ捨ててくれる?」

ビニール袋に入れたおむつを、久美さんが差し出した。

とりあえずお手洗いのゴミ箱に入れて戻ってくると、もう走り回っていたあゆみちゃんと、危うくぶつかりそうになった。あゆみちゃんは、私の顔を見上げるや顔を真っ赤にして久美さんのところに走っていった。何かしきりに訴えている。

「♡○△☆◎！」

「そうだよねえ。あんなところ見られちゃって恥ずかしいよねえ」

私が聞いても、何を言っているのかわからない赤ちゃんの喃語《なんご》だが、お母さんにはわかるらしい。久美さんが、あゆみちゃんの頬を両手ではさんで揺さぶっている。あゆみちゃんは、喜んでいるのか嫌がっているのか、どちらともつかぬ嬌声を上げている。やがて久美さんは、あゆみちゃんに頬ずりをした。

その様子を見ていたら、久美さんは、もう二度と冗談でもあんな質《たち》の悪いことを言わないような気がした。子供が生まれてくることで封印されることというのはある。だからこそ子供は何も背負わずに、ゼロからその人生を始められるのではないだろうか。そして、親の人生もリセットされるのではないだろうか。

やさしいミルクの香りの中で、ぼんやりと母子を見ている気がしていたのだが、ふと気がつくと、久美さんは一人でチーズケーキを食べていた。

「これ、甘くなくておいしい。大人の味。やっと落ち着いて食せる。さっき可愛いって言ったけど、そりゃ可愛いだけじゃないよ。うるさいし面倒くさいし、いいことばかりじゃないわ、うん」

久美さんの遠慮がおかしい。私はくすくす笑って、コーヒーのおかわりを持ってこようと立ち上がると、いつの間にかあゆみちゃんがそばに来ていた。無邪気な笑顔で拳骨を差し出す。また何か取ってきたらしい。

屈んで両手を出して受け取ると、それは小さな鍵だった。

「あれ、何の鍵だろう？」

「また始まった。これだから子供は厄介なんだよ。ごめんねー、何かあかなくなっちゃったらどうしよう」

久美さんが申し訳なさそうに言った。

「あーちゃん、もうやめなさい！」

鍵。

私はそれを、そっと握った。

「あけないための鍵なのかも」

久美さんは、一瞬、何のことかわからないという顔をしたが、また走り始めたあゆみちゃんを追って立ち上がった。

＊

再びビデオにあゆみちゃんを任せ、お茶を飲み、スナック菓子をぼりぼり食べながら、それから何を話したかというと、最近作っておいしかった料理と、おもしろかったテレビ、そして友達の近況だった。

独身のキャリア・ウーマンあり、玉の輿に乗った者あり、離婚をした人も、子供がなかなか出来なくて悩んでいる人もいる。皆、それぞれだ。皆、同じようだったのに、卒業して十年、もうそれぞれ皆違う。

そのうちに、話は学生時代へとさかのぼっていった。あのとき誰が何を言ったか、どうしたか、どちらかが何かを思い出せば、そこから芋づる式に思い出が蘇る。

「久美さんが一時間目に来なかったから電話したら、二日酔いで寝てるって。でも、お昼に久美さんのぶんのコロッケも作って持ってきたよ、と言ったら、じゃあ行くって言って来たの」

「校門を入って、校舎まで続くスロープが長かったあ。それで食べて、そのあと一緒に授業をさぼって公園に行ったんだっけ」

記憶の中の学生時代は、なぜかいつもいい天気で、すべてがきらきらと輝き、人がゆっくりと動いている。

「何やってたンだろうねえ」

笑いながら、なぜか二人とも涙ぐんだ。

久美さんは、「あーあ」と言って指で目尻の涙をぬぐい、あゆみちゃんの方を向いた。あゆみちゃんは、おとなしくビデオを見ている。それにしても、話に夢中になって、あゆみちゃんを放っておきすぎたかもしれない。どちらからともなくテーブルを離れ、三人で一緒にビデオを見た。

やがてディズニーの小人の踊りが始まると、久美さんが手を打って踊りだした。

「ほーら、あーちゃん」

つられて私も踊りだした。

あゆみちゃんも一緒に踊るのかと思ったら、子供はただそれを見て、手を振って興じるだけだった。ディズニーは子供が喜ぶものだと思っていたけれど、大人が楽しい。

大人二人は、小人の踊りが終わってもくるくると踊っていた。そのうちに日も落ちて、ビデオも終わった。

「さあて、そろそろ失礼するかな」

ビデオを巻き戻して取り出すと、さっぱりした顔をして久美さんが言った。手早く荷物をまとめて、

「いろいろ、ごちそうさま。やっぱりきのこパスタは最高だった。あと、チーズケーキ

も」

　そう言われて思い出した。

「シュークリーム！」

「ほんとだ、忘れてた。ダンナと食べて」

「……ごめん、持って帰ってくれる？　久美さん来るって言ってないんだ。このお店、近くにないし。どうしてあるんだってことになるから」

　この神経が尖っているときに、自分の留守中に誰かが来たとわかったら、夫は私が何か相談していると思うに違いないのだ。でも、どうしてこうまで気を遣ってしまうのだろう？

　久美さんは、にやにやと笑いながら、

「OK、うちでダンナと食べますよ」

　日中は夏の暑さなのに、このごろは日が落ちると少し涼しい。私は薄いジャケットをはおって、二人を駅まで送ることにした。

　初秋の風の吹いてきた道を、あゆみちゃんを真ん中に三人で手をつないで歩く。家を出るとき、久美さんはあゆみちゃんに靴をはかせ、来たときのように背負おうとしたのだが、あゆみちゃんがいやがった。私の顔を見て、試すように手を出したので、

「手をつないで歩こうか」

と言ったのだ。

手の中に、ねちゃねちゃした小さな手がある。それが、しっかりと握ってくるから握り返す。あゆみちゃんが足を高く上げ、得意げに歩く。道行く人たちが、やさしいまなざしをあゆみちゃんに注ぐ。私は、そのおこぼれに与《あず》かる。

久美さんが「せーのー」と合図をしたのにタイミングを合わせ、あゆみちゃんを持ち上げると、あゆみちゃんは声を上げて喜んだ。

そのときふと、久美さんのかわりに夫がいてもいいなと妙なことを思った。

行きにチーズケーキを買った店は、もう閉店している。

駅に着いた。

「涼しくなってきたけど、大丈夫?」

久美さんは、Tシャツ姿だ。

「この子、背負えば暑いくらいだ」

久美さんがあゆみちゃんを背負うのを手伝う。紐を締めて紐と紐の間から、おっぱいをつかんで出した。

「バカ」

と、久美さんは笑い、

「ねえ、私、胸大きくならない?」

「そう言われてみれば」

「胸はない方が、おっぱいがよく出るんだよ。それで大きくなったの」

私の胸に視線を向けて、

「よく出そう」

私は笑って頷いた。

「今日、ありがとう」

「こちらこそ、楽しかった。ばいばいっていって」

久美さんが背中のあゆみちゃんを促すと、あゆみちゃんは、にこにこ笑って手を振った。

「またね」

私はあゆみちゃんの手を握る。

「大丈夫だよ」

久美さんが言って口を結び、小さく頷いて見せた。

「うん。また話そうね」

「電話するよ」

母子が改札を抜ける。あゆみちゃんが振り返ろうとする。久美さんがあゆみちゃんごとこちらを向いて、さわやかに手を振った。あゆみちゃんも振ってくれた。手と、それから足も。私も手を振り返す。大丈夫だ。私も。そして久美さんも。

二人が見えなくなると、私は自分の手を握り、まだ残るあゆみちゃんの手の感触を確かめた。

猫踏んじゃった

吉行淳之介

吉行《よしゆき》 淳之介《じゅんのすけ》（1924〜1994）

岡山県生まれ。東京大学文学部英文科中退。雑誌編集者を経て52年「原色の街」、53年「ある脱出」で芥川賞候補。54年「驟雨」で第31回芥川賞、67年『星と月は天の穴』で第17回芸術選奨、70年『暗室』で第6回谷崎潤一郎賞、75年『鞄の中身』で第27回読売文学賞、78年『夕暮まで』で第31回野間文芸賞受賞。

夏の盛りの日曜日の午後だったが、めずらしく乾いた暑さだった。三上宗一の家の前は広い坂道だが、鋪装された坂の面が日光を照り返して、白く光るようにみえた。

玄関の前に、砂利を敷いた庭がある。その地面に置いてある車のドアを開くと、熱い空気が流れ出して顔に当った。日光を十分に吸いこんでいる車は、パン焼き窯《がま》のようになっている。運転席に坐り、ギヤをバックに入れ、ゆっくりと車を後退させはじめた。木の門を、車の尻の方から出ようとしている。

坂道と門との間は歩道になっているので、首をうしろに廻し、歩行者に注意しながら、這うような速度で動かしてゆく。

視界には、人影も車の影も無い筈だった。白い坂道が光っている。うしろの車輪が、歩道の端を車道へ降りた。十センチほどの高さを落ちる感じ、あるかないかの軽い感じが伝わってきた。

それはいつも馴染んでいる感じなのだが、そのとき、かすかな別の感じが絡まったように思えた。その瞬間、うしろの窓ガラスの外に不意にあらわれた人影が大きく揺れて、消えた。ハンド・ブレーキを一杯に引いて、彼は車から飛び降りた。

四角い大きな箱を荷台に積んだ自転車が横倒しになり、その傍に若い男が倒れていた。色の浅黒い、むこう意気の強そうな顔である。

走り寄ってその男を抱き起しながら、彼は罵りの言葉を浴びせられるのを待った。

「しかし、違う」

一方、心の隅でそうおもった。彼の車がその自転車を押倒したのではない、とおもったのだ。

「大丈夫ですか」

声に出してそう言うと、彼の両腕の中の男の軀の力が脱け、重たくもたれかかる形になった。しかし、それは一瞬のことで、すぐに男の軀に力が戻ってきた。彼は男の浅黒い額に、びっしり並んでいる汗の粒を見た。その汗は異様であったが、さらに異様なものの気配を、相手の顔を覗きこんでいる彼の視線の端に感じた。

彼は視線を、坂道の上に移した。

男の軀が倒れていたすぐ傍の地面を、湿った、ぬるぬるした、粘液質のうねうねしたものが覆っていた。咄嗟には、それが何か分らなかった。暗い、重たい、湿った色で、日常の生活では見馴れぬ色である。普段は軀の奥深く蔵《しま》いこんでおくものが、そこに置かれてあった。

勢よく、ぶちまけたようでもあり、ごそっとそこに置いたようでもあった。

猫の内臓が、漿液と一しょに、乾いた地面の上に大きく拡がっていたのだ。それが猫であることは、濡れた拡がりの横に、猫の顔が転がっていたことで分った。その顔は、坂道の上の内臓の面積にくらべて、ひどく小さくみえた。ちょこんと、そこに置かれていた。

「いったい、何が起ったのだ」

彼は、男の額と、地面の濡れたひろがりを見くらべた。

そのとき、男はゆっくりと立上った。

「大丈夫ですか」

もう一度、彼は言い、男は黙って彼を見た。その視線は、焦点が合っていない。しかし、男はゆっくり頷くと、倒れている自転車を引起した。

彼を咎める言葉は、男の口から出てこない。怯えたような眼を、ちらと坂道の上に向け、自転車を押して歩き出した。上り坂である。男の背がしだいに遠ざかってゆく。

男を抱え起したときから、きわめて短かい時間しか経っていない。しかし、一つ一つの動きが、スローモーション・カメラに映し出された影像のように、彼には感じられた。

男の背が遠ざかりはじめた頃、ようやく彼には事態が飲みこめた。車輪が歩道から車道に落ちたとき、そこに猫がいたのだろう。ゴムの膜につつんだ羊羹《ようかん》があるが、そのゴムの玉を掌にくるんで、ぐっと力をこめると、中身が勢よく弾け出る。そのように、不意に大きな力を加えられた内臓が、逃げ場を失って、腹の皮を破って、そっくり外へ出てしまった……。

その瞬間を、あの男は見てしまったのだろうか。

やはり、彼の車は、男の自転車を押倒しはしなかったのだろう。坂道を、強くペダルを踏んで前のめりになって上ってきた男の眼の前に、不意に拡がった光景が、男を倒したのだろう。

あの男の顔にも、途方に暮れたような、突然の光景が納得できないような表情があったのを、彼は思い浮べた。

それにしても、なぜあの敏捷な小動物が、ゆっくり迫ってくる車輪の下で凝《じ》っとしていたのだろう。

彼は、地面をあらためて見下ろした。なまなましく濡れ、粘って、その地面は生きているようだった。途方に暮れた気持になった。理不尽な事柄を、不意に押付けられた心持にもなった。

呼んだときには来ないで、呼ばないときにやってくる。

猫について、ある詩人が言った言葉を思い浮べ、ふてぶてしく居直る気持も動いた。いずれにせよ、丁寧に死骸を片付けるつもりはなかった。だいいち、それは死骸ではない。

何か別の異様なものだ。だがそれが何なのかは、分らない。

「逃げよう」

そうおもった。

盗み見するように、周囲を見た。幾つかの眼が、彼の方を眺めているようにおもえた。

その眼の方に歩み寄って、

「何を見たのか」

と、訊ねてみたい気持も動いた。

しかし、「逃げよう」と、もう一度おもった。

車に戻り、坂道を上り、走り去った。そして何時間か後、彼は戻ってきた。犯罪者は一度は現場に戻ってくる、という言葉があるが、彼の場合、その場所を通らなければ、自分の家へ入れない。

坂道は、白く乾いていた。しかし、前と違って、光っている坂の面に黒い部分ができていた。その部分も乾いてはいたが、黒く陰っていた。猫は、いくつかの小さな肉の切れ端になって、平たく鋪装路にへばりついていた。

誰かの手が片付けたわけではない。坂道を登る沢山の車の車輪が、後始末の道具となっていた。内臓におおわれていた地面には、うすい汚染《しみ》のような痕が残っているだけだった。

何年かの月日が過ぎた。

真夏の坂道の記憶が、時折、三上宗一の心に浮び上ってくることがある。

その記憶の厭な部分は、無意識のうちに捨て去ってゆくものとみえて、しだいにその範囲が狭くなってゆく。

白く光る真夏の坂道。

堅く、乾いた鋪装路の上に、不意に何者かの手で置かれたような、猫の内臓。いま、腹腔の中から取出した、まだ生きている腸に、強い日射しが照りつけている……。蠅がたかる暇もない、たった今、取出されたばかりの新鮮なはらわたである。

不意に立上って、走り出したい気持に彼は捉えられる。走り出した瞬間、自分の軀の中に膨れ上るものを感じるだろうか、と彼は考えてみる。膨れ上るもの、生命の輝きに似たもの……、いや走り出して間もなく、消し去った筈の厭な部分がからまりついてきそうな予感がある。そうなれば、意味のない叫び声を上げながら、しばらく走りつづけなくてはならないだろう。

呼ばない部分が、やってくる。

懸命に、逃げている姿勢に、変化してしまう。

しかし、実際には、その記憶が何の前触れもなく彼の心に浮び上ってくるように、浮んだあとも彼の日常に変化はない。前の日と同じ日が過ぎてゆく。危険な記憶だが、その危険さを懐しむようなところが、彼にはあった。

ある夜、三上宗一は友人と夜の街を歩いていた。

「どうしよう」

「酒でも飲むか」

「バーへ行くのか」

「バーはつまらないな」

「それではどうする」

「仕方がない、バーへ行こう」

「そうだ、駒鳥へ行こう」

と、友人がいくぶん意地の悪い顔つきをみせて、酒場の名をあげた。三上とみさ子のことを知っているのである。三上とみさ子が特別な関係を結んでいるのではない。三上はみさ子に執心なのだが、いつも手痛く拒否されている。

「駒鳥か」

と、三上は苦笑した。

「べつに、惚れているわけじゃないんだろう」

友人が訊ねる。

「それは、そうだが」

「それなら、構わないじゃないか。どうということもない。惚れないで、どうということがありたいとおもうのは、虫が良すぎる」

「それもそうだ」

三上があっさり賛成したので、友人は違う言い方をしはじめた。相手をちくちく刺そうとおもっているのに、素直に相槌を打たれるのはつまらない。

「しかし、惚れるというのは、どういうことなのかね」

「どういうことかな」

「内臓がぐうっと、こう、咽喉のほうへ上ってくるような気持かね」

「そういえば、そうか」

「しかし、長いあいだ禁欲したあとで、女と向い合うと、それとそっくりの気持になるのじゃないか」

「そうか、そうだな」

「頼りないね、みさ子に会うと、内臓が上ってくるかね」

「…………」

「しかし、惚れないと許さない、という女でもないという話だよ。みさ子のアパートの部屋に行ったという男の話を聞いた。部屋中ひっちゃちゃちらかしてあるそうだ」

「ひっちゃちゃちらかす……」

「ひきちらかす、と言ったのでは、足りないくらいなんだそうだ。部屋全体が大きなゴミ箱のようになってしまって、その中でごろごろしているそうだ。店では身綺麗にしている女だけに、その話を聞いたら、変な魅力を感じたよ」

「その部屋に行ったという男は、君のことじゃないのか」

「おや、惚れているのか」

「惚れていなくても、嫉妬はできる。要するに自尊心の問題だ」

「ともかく、駒鳥へ行こう」

と、友人が言った。

バー駒鳥では、みさ子が珍しく酔っていた。眼の底が、暗くギラギラ光っている。浅黒い肌に、赤い色が滲みこんで、それが官能的である。

「酔っているな」

と、三上が言った。

「そうかしら」

「顔が赤いよ」

「そう、酔っぱらっちゃったの。あたし、酔うと、軀のどこからどこまで、みんな赤くなってしまうの」

その言葉が、なまなましく、刺戟《しげき》してくる。スタンドの背の高い椅子に坐っている彼のうしろから、軀を押しつけてくるので、胸のふくらみが肘に当る。

「熱いわ」

二つの掌を、両側から自分の頬に押当て、上目遣いに彼を見詰める。暗い光に、揶揄する光が混り、唇がしだいに左右にひろがって、笑い顔になる。唆《そそ》る笑いであり、唇はどこまでもひろがってゆき、左右に深く、耳まで切れ上ったようにみえた。

猫に似ている、とおもう。

また、胸が彼の肘に当る。押当てられて、ぐりぐりと動く。

呼ばないときにはやってきて、呼んだときには知らん顔、それは猫と女だ。

そのとき、三上と友人との間の椅子に坐っていた女が、顔を振向けてみさ子に言った。

「猫の仔、渡しなさいよ。嘘言っちゃ駄目よ」

みさ子はそれに答えず、背中から三上の胴に腕を巻きつけて、言う。

「お店が終ったら、一しょに遊びましょうよ」

「あんた、猫の仔を渡すのよ。いいね、本当ね」

乱暴な言葉になり、眼が鋭く真剣になった。平素、温和《おとな》しい女だけに、その変化がやや異様である。みさ子は、ちらとその女の顔を見返し、黙って頷きながら、三上の軀を揺すぶって言う。

「一しょに遊びましょうよ」

隣の女が、もう一度言う。

「分ったわね。貰ってあげるんだからね」

みさ子はその声を聞くと、にわかに静かになり、黙って頷く。

「猫が、どうしたって」

と、三上は言った。二人の女の会話には、その中に出てくる猫が動物の猫ではないようにおもわせる気配があった。

「猫の仔を産んだのか」

「………」

猫のことになると、みさ子は黙っている。

無関心な、投げやりな様子にもみえる。

「きみが、猫の仔を産んだのか」

「なんで、あたしが……」

一瞬、きっとなって問い返した。暗い眼の底に、憤りの光が浮んだ。

「どうして怒るんだ」

「べつに怒ってなんかいないけど」

隣の女が、にわかに声を上げて歌い出した。三上とみさ子とのあいだに、わだかまった空気を解きほぐそうとするかのように。それにしても、なぜこんな話題で、わだかまりができるのだろうか。

「猫産んじゃった、猫うんじゃった……」

と、隣の女が歌い、やがてみさ子もそれに声を合せた。猫うんじゃった、猫うんじゃった、猫うんじゃった。その声は、同じ文句を際限なく繰返してゆく。

歌いながら、みさ子は三上の胴にふたたび腕を絡ませ、はげしく揺すぶると、

「一しょに遊びましょう」

「どこで」

「あたしのアパートにいらっしゃい」

「アパートか」

短かい間、三上は黙って、口を開いたときには別のことを言った。

「本当は、その文句は、猫死んじゃった、というのだろう」

「そうよ、猫死んじゃった、猫死んじゃった」

と、隣の女は言葉を替え、歌いつづける。

「もうやめろよ。それ、バイエルの曲につけた文句かな」

「バイエルよりも、もっと易しい曲よ。ドレミファよりも、もっと易しい……」

ドレミファソラシド。

どらねこそらきた。

「あら、矢鱈に、猫が出てくるわね」

そのとき、友人が言った。

「猫死んじゃった、とも言うが、猫踏んじゃった、とも言うね。子供のマンガ本では、みんな、猫ふんじゃった、となっているよ」

猫踏んじゃった、猫死んじゃった、か……。と、このときはじめて、三上の頭の中に、あの真夏の坂道の記憶が浮んできた。それは久しぶりのことだった。一たい、あの小事件は自分にとって何だったのか。

「マンガ本……、どういうときに、その文句を使うのだろう」

三上は、友人に訊ねてみた。

「誤魔化すときにだね」

「誤魔化すだって、どういうことだろう」

「つまり……、何と言ったらよいかな。そう、ポポイのポイポイ、なんて言って、誤魔化すことがあるだろう。あれだよ」

「ポポイのポイポイ、か」

「猫を間違って踏んづけてしまう。ゴロニャンニャンと鳴き立てて、陽気な大騒ぎになるわけだ。とすると、やはり猫死んじゃった、よりも、踏んじゃった、の方が本当のようだな」

猫の柔軟な軀を足で踏みつけても、けっして死にはしない。自動車のタイヤで踏みつければ、話は別だが、と三上が考えているとき、友人の声がした。

「君は閉店までいるのだろう。ぼくは一足先に帰るよ」

ようやく閉店の時刻がきた。

そのとき、みさ子が大きな声で、店の女たちに呼びかけた。

「みんな、あたしのアパートにいらっしゃいよ。明日は日曜日だもの、愉快に騒ぎましょう。ご馳走の係は、三上さんが引受けてくれるわ」

これから、真夏の坂道の記憶が浮ぶときには、かならずこの夜の記憶とからまることになる、と三上は考えていた。それが何であったか分らぬうちに、その記憶は汚れてしまった。乾いた坂道が白く光っても、もう何の意味も持ちはしない。

黙って自転車を引起し、押しながら遠ざかってゆく男の背中を、三上は思い浮べていた。黙って、このまま逃げるように立去ってしまおうか。それにしても、あのときの男の心には、まったく別の、強烈な心持があったに違いない。

一時間後、三上は五、六人の女たちと、みさ子のアパートの部屋にいた。深夜営業の食料品屋で買出した品物が、食卓に積み上げられていた。

「それにしても、この部屋はずいぶん整頓されているね」

「あら、みさ子さんの前のアパートに行ったことがあるのね」

女たちの一人が言う。

「前のだって」

「知らなかったの、引越したばかりよ。いくらみさ子でも、まだ散らかす暇もないくらいよ」

「引越したばかりか」

と三上が呟くと、みさ子は挑むように言う。陰気な眼になった。

「それがどうしたって言うの」

「え、何が」

なぜみさ子が挑む口調になったか、よく分らない。

猫死んじゃった、
猫死んじゃった。

酔った女たちの合唱がはじまった。

〈初出誌・収録書一覧〉

紐　「別冊小説新潮夏季号」(73・7)、『人間ぎらい』(78・2　新潮社、83・5　新潮文庫)

フリフリ　「小説すばる」(00・2)、『スローグッドバイ』(02・5　集英社)

ゴルフ死ね死ね団　「週刊小説」(96・12-20　原題・天国に一番近いグリーン)、『蕎麦屋の恋』(00・2　イースト・プレス)

コメディアン　「新評」(76・10)、『コメディアン』(77・11　新評社)、『男は夢の中で死ね』(85・5　光文社文庫)

日曜日　「オール讀物」(84・10)、『日曜日と九つの短篇』(85・9　文藝春秋、88・9　文春文庫)

夫婦逆転　「夕刊フジ」(96・2-2―17)、『フェイタル』(98・6　幻冬舎)

ご臨終トトカルチョ　「小説現代」(71・11)、『現代の小説　1971年度後期代表作』(72・3　三一書房)、『ご臨終トトカルチョ』(79・5　泰流社)

ナルキッソスの娘　「小説すばる」(03・2)、『からくりアンモラル』(04・4　早川書房)

鍵　「小説宝石」(03・9)

猫踏んじゃった　「小説新潮」(65・1)、『不意の出来事』(65・5　新潮社)、『猫踏んじゃった』(75・5　角川文庫)、『吉行淳之介全集　第三巻』(97・12　新潮社)

解説

結《ゆう》城《き》信《のぶ》孝《たか》
（文芸評論家）

　社会派の巨匠・松本清張が日本の推理小説界を牽引していた当時、ある高名な文学者が清張ミステリーの特質に関して、こんな趣旨の発言をしていた。

――彼の小説は、ほとんど完璧といえる。ただし、ある一点を除いての話である。その一点とは…ユーモアが欠如していること。これだけはハッキリと断言できる。

　清張作品の核心を適確に衝いた見事な分析だが、総体的に欧米文学に比較すると日本の小説はユーモアのセンスに乏しい。気まじめな国民性がそうさせるのか、泥くさくて垢抜けない。その一方わずかではあるが、洒落た感覚を身につけている作家も存在する。

　本アンソロジー『ワルツ』に収めた十の作品には笑いの要素が含まれているものの、狭義のユーモア小説ではない。爆笑や大笑いといったスラップスティックではなく微笑、苦笑、失笑、嘲笑、哄笑。あるいは忍び笑い、照れ笑い、薄ら笑い、作り笑いをさせられるシニカルな作品のほうが多い。笑いとペーソスを隠し味にした大人のためのショート・ストーリー集として、すぐれたユーモア感覚を有する同好の読者に進呈したい。

「紐」田辺聖子

この五月から『田辺聖子全集』（全二四巻、別巻一／集英社）が刊行されている。二〇年ほど前に長篇全集が、十年前には短篇全集が出されたが、本格的な全集は初となる。ただし二五〇冊を超える著作すべてが収まるはずがなく、広範囲にわたる作品世界が一望できる編集になっている。そのうち短篇小説に三巻しかさけられなかったため、こぼれた名作は数知れない。「紐」も全集未収録で、この作品が入っている短篇集にはほかにも「ねじり飴」「達人大勝負」など捨てがたい短篇がある。夜這いをした男が自分の締めていた紐と女が締めていた紐を交換。換えられた側の女は当然、男の紐を身につける。それらの紐が日ごとに異なる…というきわどい話も、この作家の手にかかると見事な一品に。

「フリフリ」石田衣良

池袋西口公園を舞台にした連作ミステリー〈池袋ウエストゲートパーク〉で登場した作者にとって初の短篇集であり、同時に初の恋愛作品集でもある『スローグッドバイ』所収の一篇。石田衣良はその本のあとがきで、短篇小説の要諦について——巨大な作品世界ではなく、風のそよぎや気分のひとゆらぎだけを、淡く心に残すのが小品の魅力です。短篇を読む人は、いつだってゆったりと自分自身でいられるのです。——と述べているように、著者自身もかなりの短篇小説好きであることを物語っていよう。男女の恋模様をライトな感覚で書き綴っていくところに、この作家の天性がうかがえる。ガールフレンドと合意の上で、恋人同士の振りをする「フリフリ」のラストシーンには思わず微笑が。

「ゴルフ死ね死ね団」姫野カオルコ

この作品は雑誌および単行本収録時には「天国に一番近いグリーン」のタイトルで掲載されたが、本アンソロジーに収めるにあたって右の題名に変更することになった。これは著者からの要望であると同時に、他の作品とのバランスからドタバタコメディが一篇くらいあったほうが面白いのでは……という編者側の選考事情を先取りするかのような、ありがたい申し出によるものでもある。その勘の鋭さというか、稀有な感性にあらためて驚かされた次第。♪死ね死ね、ぱぱぱやー。サンバのリズムに乗って五人の男女が商店街で踊り狂う本作は、ドタバタナンセンスの極みである。昨年は『ツ、イ、ラ、ク』（角川書店）という恋愛小説の大作を上梓しているが、コメディ路線もぜひ継続してほしい。

「コメディアン」小泉喜美子

フランス・ミステリーを思わせる『弁護側の証人』（出版芸術社）は鮮やかな技巧を凝らした名品で、ミステリー作家・小泉喜美子の代表長篇として広く知られている。創作以外にもクレイグ・ライスやP・D・ジェイムズらの翻訳、ミステリー評論、歌舞伎をはじめ日本の古典芸能にも才筆を振るった。志半ばにして急逝したため著作は三〇冊に満たなかったが、創作に関していえばミステリーよりも都会小説のほうが彼女の性《しょう》に合っていたのではないか。「コメディアン」を読み返してみて、その思いが強く残った。ナマの舞台で客を笑わせることだけに己れの存在感を見いだそうとするコメディアンの悲哀。著者が心酔していた都会派小説の名手アーウィン・ショーを彷彿させる。

「日曜日」連城三紀彦

——商店街の小さな店や、改札口や、遊園地や、ありふれた場所にいるありふれた人たちのありふれた言葉に、今までとは違う良さを見るように——そんな視線で書かれた『日曜日と九つの短篇』は、「恋文」で直木賞を得た翌年に刊行された。同書のあとがきで、最近よく息ぎれがすると書かれているが、作家生活が軌道に乗った時期であったから執筆活動に忙殺されていたのだろう。当時三十六歳、息ぎれに悩む年代ではないのだが、むしろそんな状態だったからこそ、ありふれた市井の人たちの物語に目を向けたのかもしれない。自社倒産で一万円札一枚を持って顔見知りのホステスがいる店に行く男。女も見知らぬ男性の後妻になる予定でいる。そんな二人がすごす「日曜日」の素晴らしさ。

「夫婦逆転」横森理香

三年前に書き下ろしで発表された『をんなの意地』（祥伝社文庫）は、三十代後半を迎えた手強い女性二人の愛憎劇を絶妙の距離感でとらえた会心の一作だった。四十歳も間近になると相互依存関係がエスカレートする反面、結婚願望のほうは薄くなる一方。〈おんな〉ではなく、〈をんな〉としたところに著者の面目躍如たるものがある。それでは、三十代半ばをすぎた女性の結婚生活はどうか？　その回答が、「夫婦逆転」に記されている。すでに女性という自覚が薄れ、立派なオヤジっぷりを発揮する毎日。生活力のない夫は〈主夫〉に徹し、バリバリのキャリア・ウーマンである妻は一家の大黒柱として多忙な日々を送る。笑えそうで笑えないホーム・コメディ。

「ご臨終トトカルチョ」田中小実昌

小説でもエッセイでもいい。ためしにこの作家の本を開くと、ページ全体が白く見えることに気づかされる。野坂昭如のそれが全ページ真っ黒に見えるのとは、対照的だ。野坂の場合ほとんど改行がないうえに漢字を多用しているせいだが、コミさんのほうは余白が多いからではなく、ひら仮名が目立つために白く感じるのである。読む者に圧迫感を与えない平易で明確な文体は、ひら仮名文によってユーモアの味が生かされ、より効果をあげているのではないか。「ご臨終トトカルチョ」は名詞が多い関係で他の作品ほどには白く見えないが、題材はとんでもないものを扱っている。結核病棟内で重患者の死亡時間を対象にして、他の患者たちが賭けをしあう。そんな怖い話をサラッと仕上げてしまう。

「ナルキッソスの娘」森　奈津子

コバルト小説デビューの森奈津子が、一部のアダルト読者を虜にしたのが二〇〇〇年に刊行されたSF官能小説集『西城秀樹のおかげです』（イースト・プレス）であった。タイトルのインパクトもさることながら、瀬名秀明をして——凄すぎ、面白すぎ、バカバカしすぎます——と仰天せしめ、〈笑いとエロスの天災作家〉の座に君臨する。異形の不倫小説『かっこ悪くていいじゃない』（祥伝社文庫）、レズビアン・コメディ短篇集『姫百合たちの放課後』（フィールドワイ）と、どれをとっても淫らで怪しい。アンドロイドの不思議な性を綴る「ナルキッソスの娘」は、最新SF小説集『からくりアンモラル』に収められているが、官能コメディという独自のスタンスに注目したい。

「鍵」有吉玉青

文庫化作品が入手難ということもあって、一般の読者には地味な存在に見えるかもしれない。が、かねてよりこの作家のていねいな創作姿勢に着目していたので、本アンソロジーに何か一篇を加えたいと思い「車掌さんの恋」（『小説現代』二〇〇三年二月号）と、

長篇恋愛小説『キャベツの新生活』(講談社）も、手にとってみてほしい。二年前に書き下ろした「鍵」は、飾り気のない透明感のある文章が心地よく胸に沁みわたってくる。三十二歳の既婚女性二人が三年ぶりに再会。友人を駅に迎えに行き、ふたたび駅へ送って帰るまでの数時間を描いた「鍵」を収めることになった。ことから、自動的に「鍵」を収めることになった。

「鍵」の二作を候補に考えていた。けっきょく前者が今年中に連作集としてまとめられることから、自動的に「鍵」を収めることになった。

「猫踏んじゃった」吉行淳之介

『砂の上の植物群』『暗室』といった、いわゆる純文学と称せられる一連の作品と平行して、多くのエンタテインメント小説を著わした。父が遺した女性遍歴の秘伝書をめぐる長篇小説『すれすれ』(以上いずれも新潮社版『吉行淳之介全集』所収）はじめ、短篇も少なくない。作者のソフィスティケートされたユーモアは、むしろエンタテインメント分野でより濃厚に発揮されたように思う。特に舞台が酒場で、ホステスと客の応酬というシチュエーションは、この作家の独壇場であろう。——呼ばないときにはやってきて、呼んだときには知らん顔、それは猫と女だ。——という真理にドキッとさせられる「猫踏んじゃった」。なじみのホステス連中が大合唱する♪猫死んじゃった……の恐ろしい余韻。

二〇〇四年六月

ワルツ

一〇〇字書評

切り取り線

購買動機（新聞、雑誌名を記入するか、あるいは○をつけてください）	
□（　　　　　　　　　　）の広告を見て	
□（　　　　　　　　　　）の書評を見て	
□ 知人のすすめで	□ タイトルに惹かれて
□ カバーがよかったから	□ 内容が面白そうだから
□ 好きな作家だから	□ 好きな分野の本だから

●本書で最も面白かった作品をお書きください

●あなたのお好きな作家名をお書きください

●その他、ご要望がありましたらお書きください

住所	〒				
氏名		職業		年齢	
Eメール	※携帯には配信できません		新刊情報等のメール配信を希望する・しない		

あなたにお願い

この本をお読みになって、どんな感想をお持ちでしょうか。

この「二〇〇字書評」とアンケートを私までいただけたらありがたく存じます。今後の企画の参考にさせていただきます。

あなたの「二〇〇字書評」は新聞・雑誌などを通じて紹介させていただくことがあります。そして、その場合はお礼として、特製図書カードを差しあげます。

前ページの原稿用紙に書評をお書きのうえ、このページを切り取り、左記へお送りください。電子メールでもお受けいたします。なお、メールの場合は書名を明記してください。

〒一〇一－八七〇一
東京都千代田区神田神保町三－六－五
九段尚学ビル　祥伝社
祥伝社文庫編集長　加藤　淳
☎〇三（三二六五）二〇八〇
bunko@shodensha.co.jp

祥伝社文庫

上質のエンターテインメントを！　珠玉のエスプリを！

祥伝社文庫は創刊15周年を迎える2000年を機に、ここに新たな宣言をいたします。いつの世にも変わらない価値観、つまり「豊かな心」「深い知恵」「大きな楽しみ」に満ちた作品を厳選し、次代を拓く書下ろし作品を大胆に起用し、読者の皆様の心に響く文庫を目指します。どうぞご意見、ご希望を編集部までお寄せくださるよう、お願いいたします。

2000年1月1日　　祥伝社文庫編集部

ワルツ　アンソロジー

平成16年7月30日　初版第1刷発行

編者　結《ゆう》城《き》信《のぶ》孝《たか》

発行者　深澤健一

発行所　祥《しよう》伝《でん》社《しや》

東京都千代田区神田神保町 3-6-5

九段尚学ビル　〒101-8701

☎03(3265)2081(販売部)

☎03(3265)2080(編集部)

☎03(3265)3622(業務部)

印刷所　堀内印刷

製本所　明泉堂

ISBN4-396-33174-6　C0193

祥伝社のホームページ・http://www.shodensha.co.jp/

祥伝社文庫

結城信孝編　緋迷宮《ひめいきゅう》

突如めぐる、運命の歯車――宮部みゆき、篠田節子、小池真理子……現代を代表する十人の女性作家推理選。

結城信孝編　蒼迷宮《そうめいきゅう》

宿命の出逢い、そして殺意――小池真理子、乃南アサ、宮部みゆき……女性作家ならではの珠玉ミステリー

結城信孝編　紅迷宮《こうめいきゅう》

永遠の謎、それは愛、憎しみ……唯川恵、篠田節子、小池真理子――大好評の女性作家アンソロジー第三弾

結城信孝編　紫迷宮《しめいきゅう》

しのび寄る、運命の刻《とき》…乃南アサ、明野照葉、篠田節子――十人の女性作家が贈る愛と殺意のミステリー。

結城信孝編　翠迷宮《すいめいきゅう》

乃南アサ・皆川博子・光原百合・森真沙子・新津きよみ・海月ルイ・藤村いずみ・春口裕子・雨宮町子・五條瑛

結城信孝編　ミステリア

心に潜む、神秘そして謎。篠田節子・皆川博子・加納朋子――女流ミステリー作家が競演する豪華アンソロジー

祥伝社文庫

高橋克彦ほか
万《まん》華《げ》鏡《きょう》
末期ガンで余命幾《いく》ばくもなかったはずの患者と出会った医師。彼を襲った恐怖とは？　身も凍る日常とは？

菊地秀行ほか
舌づけ
サイコ、怪奇、幻想…精神の微妙なズレから幻想世界まで、紡《つむ》ぎ出される真の恐怖とは？　あなたを襲う恐怖の館。

高橋克彦ほか
さむけ
〝普通〟の人々が日常から一歩踏み出した刹那を、実力派作家九人が描いた戦慄のアンソロジー。

篠田節子ほか
おぞけ
タクシー、ホテル、遊園地…現実のありふれた場所で不気味な顔を覗かせる、恐怖の瞬間、九つの傑作集。

高橋克彦ほか
ゆきどまり
現実と隣り合わせの狂気の世界！　憑依《ひょうい》した魂《たましい》が発する恐怖を描いた九つの傑作ホラー・アンソロジー。

ロバート・ブロック編
スティーヴン・キングほか
サイコ
ゴルフをプレイ中、突如意識を失った敏腕証券マンが意識を回復した時……全米最先端のホラー・アンソロジー。